KB232774

김종삼, 김춘수 시의

모더니티 연구

김종삼, 김춘수 시의
모더니티 연구

박은희 著

한국학술정보㈜

서 문

　바깥에는 눈이 쏟아지고 있다.

　돌아보면, 내 안의 소리에 귀기울일 때마다 어쩔수없는 상실감과 존재하는 것에 대한 슬픔으로 먹먹했던 기억이 난다. 이는 시간에 대한 상념이라 할 만한 것으로서 이 연구는 그 사소함에서 출발했다.

　소설과 달리 시는 객관적인 시간으로부터 자유로워지려는 하나의 모색이라 할 수 있을 것이다. 인간은 의미가 없는 곳에서는 살아갈 수 없는 존재이다. 그러한 인간이 의미의 흐름으로 인식하는 시간이란 시에서 과연 어떻게 나타나며, 시인의 시적 여정은 어떤 방향으로 펼쳐지는가에 대한 물음에 나름의 답으로서 제출된 것이 이 논문이다. 두 시인은 모더니즘의 근본 문제의식으로서 미적 모더니티의 시간의식을 선취하였다. 의식 속에 놓인 경험과 관련하여 시인은 세계 앞에 섬과 동시에 자신 앞에 서며, 시세계의 과정은 시적 인식의 결핍을 해소하기 위한 노력이다. 특히 김종삼의 시쓰기 작업이 죽음에 결부되어 자아의 재조정을 이루는 과정이나 김춘수의 존재론적 고뇌가 시적 전환의 계기가 되어 새로운 시간을 제시하는 과정을 살펴보면서 두 시인 앞에 고개숙이지 않을 수 없었다. 그들은 일직선적 시간이 주는 절망에서 선회하여 새로움을 추구하였고, 개인적으로는 시인들의 이같은 시적 태도야말로 무엇보다 값진 것이라 여겨진다.

　한동안 외국에서 생활하고 있는 나로서는 정체성의 흔들림과 이방인으로서 겪어야 하는 외로움에 심하게 노출되어 있다. 극복해내야 할 현실은 거대하고 하루하루 투쟁과 같은 삶 속에서 미래의 얼굴은 희미하고 과거 또한 까마득하다. 이 논문을 책으로 묶으면서 두 시인의 시적 여정을 되짚어보는 동안 나는 새로이 용기와 격려의 목소리를 듣는다. 현실에 대한 인식은 절망으로 끝나서는 안 될 것이다. 회의와 절망은 극복해야 하는 것, 그 바닥에서 수면으로 올라와야 하는 것이다.

이러한 상황에서도 감사의 인사는 끝이 없다. 시의 극지를 보여주신 한영옥 교수님, 모교의 존경하는 교수님들, 함께 공부하며 고민하던 강은미, 박순희 선배에게 깊이 감사드린다. 나의 편에 계셔 주시는 부모님과 시부모님, 늘 정신적 동행이 되어주는 남편과 사랑하는 딸에게 무엇보다 감사하다. 미흡함뿐인 논문을 엮어 주시는 출판사에도 감사의 인사를 드린다.

시간은 흘러가지만 인간은 그 의미에 집을 짓는다. 책을 펴내며 새롭게 정진을 다짐한다.

2006년 1월, 박은희

목 차

Ⅰ. 서 론

1. 연구목적

한국 근현대문학 연구와 관련하여 미적 모더니티[1]에 대한 논의의 비중은 대단히 크다고 할 수 있다. 이는 한국의 모더니티가 실체 없는 텅 빈 것에 불과하다는 자조적 비판에서부터 시작하여 한국의 현실 인식을 바탕으로 한 정신적 변혁이었다는 긍정적 평가에 이르기까지 다양한 진폭을 지니고 있다.[2] 우리 시의 경우 미적 모더니즘은 1930년대의 시인들에게서 드러난다는 것이 학계의 정설이지만, 당시의 모더니티에 대한 피상적인 인식이 한계로 지적되면서 이를 토대

1) 본고에서는 모더니티(modernity)를 '근대성' 또는 '현대성'으로 옮기지 않고 그대로 사용한다. 이는 한국의 학계에서 이 용어에 대한 번역이 아직 합의에 이르지 못했다는 사실 때문이기도 하지만, 모더니티 개념 형성 과정의 역사성과 다양성을 원래의 뉘앙스대로 존중하기 위해서이기도 하다. 한편, 모더니즘은 미적 모더니티의 구현으로서 19세기 후반부터 20세기 진빈기에 걸쳐 서구 예술에 풍미한 전위적이고 실험적인 예술 운동 현상을 가리킨다. 이는 모더니티의 사회역사적 차원과 미적 차원의 괴리에서 발생한 현상이며 근대 사회 성립과 불가분의 관계를 맺고 있다. 모더니티의 두 차원에 관해서는 후술하기로 한다.
2) 한국 현대시의 모더니티에 있어서 1930년대 모더니즘 시는 대체로 기교의 우위와 실험의식에 비해 그에 걸맞는 시대인식에는 실패했다는 비판을 받는다. 그러나 연구가 진행될수록 모더니즘 시에 대한 논의는 한국 현대시 발전의 역사적 과정으로서 의의를 지니는 것으로 평가된다. 다시 말해 1930년대 모더니즘 시의 한계와 약점이 있었기에 한국전쟁을 거쳐 1950년대 모더니즘 시가 새로운 국면으로 성숙할 수 있었다는 것이다. 이영섭, 『한국 현대시 형성 연구』(국학자료원, 2000), pp.122-141 참고.

로 1950년대 모더니즘에 대한 연구가 진행되었다.

1950년대는 해방 이후 한국전쟁과 분단이라는 민족적 시련의 시기이면서 내적으로는 모더니티 정립의 모색기였다. 1948년 당시 동인을 구성하여 집단적으로 모더니즘 운동을 일으킨 시인들은 김경린, 김경희, 김병욱, 김수영, 박인환, 양병식, 임호권 등으로 그 해 4월 동인지『신시론』1집을 간행한다. 이들은 1년 뒤인 1949년 4월 '신시론' 동인 2집 격인 앤솔러지『새로운 都市와 市民들의 合唱』을 발간하여 사상적 지향성보다는 어떤 '새로움'에 대한 의욕을 표출한다. 이들의 시적 새로움에 대한 인식은 주로 김경린에 의해 개진되며 동인의 명칭은 뒤에 '후반기' 동인회로 변경되는데, 정규 동인은 박인환, 김경린, 김규동, 김차영, 이봉래, 조향 등 6명이다.3) 이들은 1950년 전쟁이 발발하면서 새로운 시대적 각성으로 이끌리게 된다.

당시 '후반기' 동인의 시뿐만 아니라 전후에 발표되는 시는 대부분 모더니티 지향성에서 크게 벗어나지 않는다고 볼 수 있다.4) 이는 1950년대의 전쟁 체험이 우리의 역사 가운데 가장 가혹한 전대미문의 것이었다는 사실과 관련된다. 역사의 흐름은 한국전쟁을 계기로 거대한 전환과 단절을 낳았고 이러한 단절은 시대적으로 역사와 자아에 대한 각성을 요구할 수밖에 없었던 것이다. 당시를 살아가는 사람들이 세계를 바라보는 관점은 기존의 인식 체계로써는 납득될 수도, 만족스러울 만큼 해명될 수도 없는 것이었다. 따라서 그 당시 문단의 지배적인 모더니티 지향은 단순히 새로움에 대한 지적인 의도가 아니라, 매순간 처음으로 대면하는 세계의 참상 앞에서 새로이 규정하고 모색하지 않으면

---

3) 오세영,『20세기 한국시 연구』(새문사, 1991), pp. 273-276; 이영섭,「50년대 남한의 현실인식과 시적 형상」, 한국문학연구회 편,『1950년대 남북한 문학』(평민사, 1991), pp. 79-80 참고.

4) 김윤식,『한국현대문학사』(일지사, 1985), p. 57 참고.

안 되는 자기정체성의 절박함이 표출된 결과였다.

전쟁 이후 식량 문제, 이데올로기 선택의 문제 등과 관련한 생존의 절박함 때문에 1950년대 모더니즘은 한국전쟁을 계기로 현저히 변모할 수밖에 없었다. 일단의 모더니스트들은 전쟁을 "현대의 어떤 문제들의 심화이며, 현대인의 상처의 심화로 인식"5)했다. 더욱이 1950년대 한국의 상황은 세계대전 이후의 서구 사회가 겪은 생에 대한 부조리와 불안, 비윤리성과 인간 조건의 비극성에 심하게 노출되어 있었으므로, 당시 문인들은 한국 사회가 한국전쟁을 계기로 세계성을 지향할 만한 근거를 확보했다고 인식했다. 이러한 현실인식은 한국 문학과 세계문학의 유기성을 자각하고 모더니즘을 지향하는 논의로 구체화되었으며, 이로써 한국 문단의 분위기는 모더니즘과 용이하게 결부되었다.6)

이러한 현실인식에 주목하면서 1980년대 후반부터 점진적으로 증가한 모더니즘 연구는 오늘날에 이르러서는 현상적인 분석틀에 제한되지 않고 근본적인 사유방식과 시적 인식의 측면에서 진행되는 경향이 있다. 이는 모더니즘이 기존의 체제에 대한 도전과 변혁의 정신이었기 때문에 한국의 모더니즘 역시 일정한 틀을 거부하는 기본정신을 견지하며 그 정신적 태도는 양식화될 수 없다는 입장7)에서 개진된다. 시적 사유의

---

5) 한계전, 「전후시의 모더니즘적 특성과 그 가능성」, 『시와 시학』(1991, 여름호), p. 404.

6) 한국 문학의 세계성 지향에 관한 논의는 당시 김현승, 「인생파와 모던이즘」, 『현대문학』(1956, 2) ; 최일수, 「우리문학의 현대적 방향」, 『자유문학』(1956, 12) 등에서 발견된다.

7) 모더니즘의 사유방식과 관련하여 시적 인식 측면에서 논의를 한 단계 심화시킨 연구로는 다음과 같은 것이 있다.
   윤정룡, 「1950년대 한국 모더니즘 시 연구」(박사학위논문, 서울대학교, 1992).
   김유중, 『한국 모더니즘 문학의 세계관과 역사의식』(태학사, 1996).

12

기반으로서 모더니즘의 정신적 측면을 고찰하게 된 정황에는 여러 이유가 있겠지만, 모더니티 기획의 내적 모순에 따른 반성적 자각이 주요원인으로 작용한 것으로 보인다. 진보에 대한 확신으로 추진된 모더니티의 기획이 모순과 불합리를 노정함으로써 근대를 극복해야 할 필요성이 제기되자 모더니티 담론에는 근대에 대한 재구성이 요구되었다. 그리하여 근대의 비판정신을 재구성함에 따라 문학에 있어서는 모더니즘의 피상적인 고찰에서 좀더 근본적인 문제의식으로 선회할 필요가 있게된 것이다. 모더니즘의 발생 근거와 기본정신이 시대와의 관계에서 어떠한 함의를 지니고 있으며 그 사유의 기반은 무엇인지에 대한 연구가활발히 추진된 것은 이 때문이다. 이러한 문제의식에 의해 모더니즘을형식적 특징 외에 정신적 측면에서 규정할 수 있는 관점이 확보된다.

본고에서 연구의 대상이 되는 김종삼(金宗三, 1921-1984)과 김춘수(金春洙, 1922-2004) 두 시인은 공통적으로 1950년대 이후 모더니즘시의 중심 인물로 평가된다. 이들의 작품은 한국문학사에서 꾸준히 재해석의 대상이 되고 있으며 현 시대의 문학적 토대에 계속적인 근거를제공하고 있다. 1950년대의 모더니즘 운동과는 달리 이 두 시인은 동인지나 그룹의 형성과는 거리가 멀었지만 내면의식이 강화된 모더니즘적시세계를 구성한다. 특히 시대적 유행으로서 일시적인 모더니즘 추수에머물렀던 몇몇 시인들과 달리 이들은 모더니즘의 근본적인 문제의식에천착한 것으로 보인다. 모더니즘의 이론만으로 두 시인의 시세계를 진단하기에는 다소 무리가 따른다는 사실 외에도 김종삼은 초기에 모더니즘적 자세를 보여주다가 점차 다양한 의미의 진폭을 보여준 점이나 김

문혜원, 『한국 현대시와 모더니즘』(신구문화사, 1996).
박윤우, 「1950년대 한국 모더니즘 시 연구」(박사학위논문, 서울대학교, 1998).
조영복, 『한국 현대시와 언어의 풍경』(태학사, 1999).

춘수가 단 한번도 스스로를 모더니스트라고 인정하지 않았던 점 등은
이들 시세계의 주도적 원리가 좀더 포괄적 관점에서 이해되어야 한다는
사실을 암시하기 때문이다. 따라서 두 시인의 시세계를 해명하고자 할
때 이들이 집중했던 근본 문제의식은 과연 무엇인가에 대한 물음이 제
기된다. 이는 이들의 시세계를 고찰하는 데 있어 미적 모더니티의 특성
에 주목함으로써 논의를 한 단계 심화시켜야 한다는 논리적 당위성으로
귀착된다.

 따라서 본 연구에서는 김종삼, 김춘수 두 시인이 모더니티 수행 방식
으로서의 시세계를 형성해 나간 근본 동인과 과정을 고찰하고자 한다.
이때 모더니티의 개념은 시대에 대한 인식과 맞물려 있다는 점에서 자
연스럽게 시간의식에 관한 성찰을 유도한다. 근대적 삶의 양식에 있어
서는 시간의 의미가 증대되었으며 이는 근대 과학 발달에 따른 인간 의
식 변모와 관련이 있다. 근대 이후 시계가 발명되고 종소리에 의한 순
환시간이 붕괴됨으로써 시계의 추상적이고 직선적이며 계산가능한 시간
은 일반화되었다. 이로써 시간은 점차 끊임없이 되풀이되는 변화로서
경험되었으며 이러한 변화 속에서 시간은 인간의 생과 역사라는 차원에
갇히게 되었다. 그러므로 영원한 질서에 대한 근대 이전의 믿음은 서서
히 쇠퇴하게 되고 시간은 인류 역사라는 문맥과 질서와 방향 내에서 경
험되었다. 이렇게 시간이 역사의 차원에 한정됨으로써 시간은 영원의
차원에서 경험될 때보다 끝없는 변화라는 측면에서 인간을 한층 더 압
박했다.8) 이처럼 근대는 고대나 중세 세계관의 중심이었던 영원성의 관
념을 파괴하고 변화를 자신의 근거로 삼은 최초의 시대인 것이다.9) 그

---

8) Hans Meyerhoff, 『문학과 시간현상학』, 김준오 역(삼영사, 1987), pp.
 134-139 참고.

9) 원시인들의 시간적 범주 너머에 있는 원형적 과거, 흐름과 역사를 부정
 하는 고대 지중해인들이나 동양인들의 순환적 시간, 유한하며 개인적인

14

리하여 시간에 대한 인식이 변모하면서 근대에 들어 모더니즘의 핵심 개념인 미적 모더니티의 근간이 촉발되었다고 할 수 있다.

본고는 김종삼, 김춘수 시세계의 근본 문제의식으로서의 정신적 태도를 규명하기 위해 두 시인이 세계인식의 한 방법으로 수용한 시간의식을 탐구할 필요성에 따라 진행된다. 따라서 본고에서는 미적 모더니티 근거로서의 시간의식에 집중하여 두 시인의 시세계 전반에 나타나는 인식 과정을 포괄적으로 고찰하고자 한다. 이로써 시인이 근대적 세계와의 관계성 속에서 시간을 인지하고 그것을 내적으로 끊임없이 자기화함으로써 미적 모더니티를 수행해 나간 여정이 드러나리라고 본다. 이는 인간의 의식 속에 놓인 경험과 관련하여 시인은 세계 앞에 섬과 동시에 자신 앞에 서며, 시세계의 과정은 시적 인식의 결핍을 해소하기 위한 발현임을 이해하는 작업이 될 것이다. 더욱이 시간의식을 중심으로 미적 모더니티의 특수성을 규명하고자 하는 본 의도는 시간에 대한 사유가 재개되기 시작하고 현대과학에서도 다원성과 불연속성이 핵심을 차지하게 된 정신적 배경[10]과도 맥락을 같이 한다.

기독교적 시간 등 시간에 대한 개념은 다양하지만 모두 근대의 시간관과 대립되는 하나의 원리로 환원된다. 즉, 이상적이고 원형적인 시간관은 단일성을 지향하며 실제적 시간의 복합성을 거부하고, 시간의 진행에서 발생하는 모순과 변화를 소멸시켜 버리거나 적어도 최소화시키려는 시도들이라는 공통점을 갖는다.
Octavio Paz, 『흙의 자식들』, 김은중 역(솔, 1999), pp. 15-35 참고.

10) 20세기 과학적 인식에 일어난 혁신성은 아인슈타인의 특수 상대성 이론, 하이젠베르크의 불확정성의 원리, 괴델의 불완전성 정리 등에 의한 다원성과 불연속성, 대립성과 부분성으로 요약된다. 이로써 전체는 파악될 수 없으며 모든 인식은 유한하다는 각성이 합리성의 영역인 과학 분야에서 관철되기에 이른다. 이것이 지니는 의미는 근대적 합리성에 대한 비판이 미적 영역에서뿐만 아니라 과학 영역에서조차 급속히 파급되기 시작했다는 것이다. 이와 같은 인식의 변화는 현대사회가

본고는 1950년대 이후 미적 모더니티를 확충해 나간 두 시인의 시간 의식을 검토함으로써 오늘날까지 이어지는 모더니티의 정신적 토대를 해명할 일말의 가능성을 마련하고자 한다. 본고는 이러한 전망을 염두에 두고 쓰여진다.

2. 연구사 검토

김종삼과 김춘수 두 시인은 1950년대를 전후하여 시작 활동을 전개한 이후, 시쓰기에 대한 진지한 모색을 보여준 것으로 평가받는다. 김종삼은 현실의 아웃사이더로서 순연한 아름다움이나 존재자의 슬픔을 간직하면서 독자적 예술론을 지탱해 나간 시인이다. 그의 사후에 전집이 간행됨으로써 1990년대 들어 연구자들의 활발한 논의의 토대가 마련되었으며, 『김종삼 전집』(청하, 1988)은 1960~80년대 한국 시단의 한 면모를 보여준다는 점에서도 의의가 있다. 심미주의적인 생활습관, 경제적인 무능력, 술병으로 인한 고통 등과 관련하여 독특한 내면세계를 유지한 것으로 인정되는 김종삼 시 텍스트는 꾸준한 연구성과에도 불구하고 여전히 근본적으로 해명되지 않은 난제를 남기고 있다. 김춘수는 60여 년의 시작 활동을 거치면서 탐색의 과정을 쉬임없이 전개해 나갔으며 '도피의 결백성'이라는 체질적 특성을 시로 형상화해 나간 시인이다. 그의 무의미시는 1960년대 이후 현재까지 모더니즘 시 계열에 깊은 영향을 미쳐 이미 『김춘수 전집1·詩; 2·詩論; 3·隨筆』(문장, 1986;

보편성보다는 상대성에, 합리주의보다는 비합리주의에, 연속성보다는 불연속성에 경도되어 있음을 명시적으로 보여준다.

Wolfgang Welsch, 『우리의 포스트모던적 모던1』, 박민수 역(책세상, 2001), pp. 200-203 참고.

16

1984; 1983) 및 1993년도까지 발표한 시들을 수록한 『김춘수 전집』(민음사, 1994)이 출간되었다. 이후, 시집 25권을 수록한 『김춘수 시전집』(현대문학, 2004)이 간행되었으며 유고시집 『달개비꽃』(현대문학, 2004)이 출간되어 있다. 시 외에는 단 두 편의 산문밖에 남기지 않은 김종삼과 달리 김춘수는 자기 해명의 노력을 지속적으로 시도하여 시론 및 자전소설 등으로 그 입지가 강화되어 있다. 그러나 풍부한 자료와 근거가 연구성과를 보장하는 것은 아니어서 김춘수 시세계의 난해함은 명쾌하게 풀이되지 못하고 있는 실정이다.

　김종삼과 김춘수는 동시대적 감수성을 지닌 시인들로서 존재론적 인식 기반뿐만 아니라 수사학적 측면에 있어서도 유사점을 보여주는 것으로 이해된다. 이에 관하여 김광림은 1950년대 후반에 형성된 존재와 인식의 신서정파 시인들을 언급하는 가운데 두 시인이 순수 이미지와 언어 절제 면에서 상당히 공통되어 있다고 지적한 바 있다.11) 이밖에 두 시인을 비교 연구한 논의로는 이승훈의 글12)이 있으나 본격적인 연구는 하희정의 논문에서 이루어졌다. 하희정은 릴케(R. M. Rilke) 시의 영향 아래 시적 실천을 보여준 김춘수와 김종삼의 시에 주목하여 1950년대 시에 나타난 존재론적 차원의 니힐리즘 극복 양상을 시적 형상화의 차원에서 살폈다.13) 두 시인에 대한 비교 연구는 더 이상 진전된 것이 없지만, 각각의 시세계에 대한 연구성과는 지금까지 상당한 양이 축적된 상태이다.

---

11) 김광림, 「정의(情意)와 존재와 신현실·中」, 『현대시학』(1980, 5), pp. 53-67.

12) 이승훈, 「1950년대의 우리시와 모더니즘」, 『현대시사상』(1995, 가을), pp. 137-140.

13) 하희정, 「1950년대 시에 나타난 '부재의식'의 형상화 양상 연구」(석사학위논문, 서울대, 1995).

먼저, 김종삼 시에 관한 기존 논의는 첫째, 방법적 측면에 관한 논의, 둘째, 내면의식과 주제적 측면에 관한 논의로 대별된다.

첫째, 김종삼 시의 방법적 측면에 관한 연구는 몇 가지 견해로 요약된다. 그의 시를 묘사의 시,[14] 또는 미학주의의 극치로 이해하는 입장[15]은 김종삼 시에 대한 기본 관점으로서 이는 김종삼 시가 순수시의 표본으로 높은 성취를 이루었음을 의미한다. 이밖에 김종삼 시의 리듬과 음악적 기능을 분석한 논의가 김영태, 서우석, 윤병로, 김지홍에 의해 전개되었으며[16] 이러한 몇 가지 논의들은 김종삼 시세계에 대한 평가의 토대를 제공한다.

이에 근거하여 최근 김종삼 시의 방법적 특성에 관한 연구는 담화체계상의 특질을 파악하려는 경향을 보인다. 이는 김종삼 시의 언어 사용과 어법의 차원에 집중되어 있는데 이기철, 하현식, 이숭원, 류명심의 논의가 대표적이다.[17]

---

14) 오규원, 「타프니스 시인론」, 『현실과 극기』(문학과지성사, 1976), pp. 63-77.
　　김주연, 「비세속적 시」, 장석주 편, 『김종삼 전집』(청하, 1988), pp. 296-302.
15) 황동규, 「잔상의 미학」, 장석주 편, 앞의 책, pp. 244-258.
　　이경호, 「보헤미안의 미학, 혹은 천진성의 미학— 천상병·김종삼·박용래의 시세계」, 『현대시학』(1993, 6), pp. 131-141.
16) 김영태, 「음악의 배경— 김종삼론」, 『시문학』(1972, 8), pp. 31-37.
　　서우석, 「김종삼: 무관심의 리듬」, 『시와 리듬』(문학과지성사, 1981), pp. 167-173.
　　윤병로, 「순박한 보헤미안의 시론」, 『소설문학』(1985, 5), pp. 84-87.
　　김지홍, 「김종삼 시의 현상학적 연구」(석사학위논문, 국민대, 1993).
17) 이기철, 「말과 조형」, 『현대시학』(1978, 11), pp. 102-106.
　　하현식, 「김종삼론— 미완성의 수사학」, 『한국시인론』(백산출판사, 1990), pp. 189-204.

둘째, 김종삼 시의 내면의식과 주제적 측면에 관한 논의이다. 이는 김종삼 시 연구에서 대다수를 차지하는 것으로, 김현에 의해 김종삼의 내면의식이 비극적 세계인식으로 규정된 이래 이러한 관점은 시세계 이해의 중요한 실마리가 되었다.[18] 이로써 세계인식의 관점에서 김종삼 시세계의 바탕이 비극적임을 전제하고 비극성의 의미를 해명하고자 하는 노력이 시도되었다.[19] 이와 관련하여 시인의 비극적 세계관을 결정 짓는 속성으로는 죽음의식, 폐허의식, 인간 부재의식, 소외의식 등이 지적된 바 있다. 일반적으로 내면의식에 관한 논의에서는 유사한 견해가 반복되는 경향이 나타나는데, 시인의 미적 체험과 시의식을 중심으로 한 연구 외에도 이미지 분석을 통해 시의 정서를 고찰한 경우에도 마찬가지이다.[20] 이는 시에 있어서 이미지가 내면세계를 환기하기 때문이기

이승원, 「김종삼 시에 나타난 죽음과 삶」, 『현대시와 삶의 비평』(시와시학사, 1991), pp. 110-123.
류명심, 「김종삼 시 연구― 담화체계 및 은유를 중심으로」(박사학위논문, 동아대, 1998).
18) 김현, 「김종삼을 찾아서」, 장석주 편, 앞의 책, pp. 235-243.
19) 한계전, 「작품과 세계와의 관계」, 『문학과 지성』(1978, 봄), pp. 320-328.
장석주, 「한 미학주의자의 상상세계― 김종삼론」, 장석주 편, 앞의 책, pp. 17-35.
반경환, 「폐허 속의 시학」, 『시와 시인』(문학과지성사, 1992), pp. 209-226.
20) 김현, 「70년의 문학적 상황」, 『상상력과 인간』(일지사, 1973), pp. 241-250.
정한모, 「소외된 고독 속에서의 외침과 그 공허. 김종삼 작 「걷자」」, 『심상』(1977, 1), pp. 29-30.
정현종, 「불타는 무욕」, 『숨과 꿈』(문학과지성사, 1982), pp. 149-151.
이승훈, 「삶의 돌각담 쌓기」, 『한국문학』(1985, 2), pp. 80-85.
박청룡, 「상황과 전망·上」, 『현대시학』(1986, 1), pp. 62-73.
백인덕, 「평화롭게 걸어간 고통의 길― 김종삼의 「누군가 나에게 물었다」

도 하지만 선행 연구의 단선적 논의를 벗어나지 못한 것으로 볼 수도 있을 것이다.

김종삼 시를 시간성의 측면에서 다룬 견해에는 최종환, 남진우의 논문이 있다.[21] 최종환은 시인의 이중적 시간의식을 자아지향적 시간의식과 세계지향적 시간의식으로 구분하고, 이를 다시 내적 시간과 외적 시간으로 파악하여 레비나스(E. Levinas)의 '현재'와 '미래'라는 시간틀에 적용했다. 논자는 김종삼이 현재에 경사될 경우, 이는 1950년대의 '뿌리 뽑힘'과 시인의 '천부적 보헤미아니즘'의 조합으로서 미학성의 순간으로 나타나며 세계의 면모는 파편화와 미학적 변용을 겪게 된다고 파악했다. 한편 시인의 자아가 무력해질 경우, 타자들은 현재의 반테제인 미래로서 나타나는데 이는 휴머니즘으로 발현된다고 분석했다. 최종환은 현재와 미래 외에 과거와 영원은 텍스트 전반을 관류하는 시간성이라고 보고, 과거는 미학적 카타르시스를 얻는 과정에서 성립된 시간이며, 영원은 현실의 반테제적 시간 추구 과정에서 도출된 보수적 기독성 또는 환각성의 시간이라고 해석했다. 그러나 자아인식과 세계인식을 구별하는 기준이 모호하고 이분법적 이해에 머물러 있으며, 레비나스의 철학을 원용함에 있어 단순화와 도식화의 오류를 범한 점은 비판의 여지를 지닌다.

남진우는 미적 근대성이 현실세계의 물리적 시간에 대한 반란에 기초하며 시에서의 서정적 정지의 순간은 직선적 시간의 흐름을 일순 정지시켜 성화시키는 순간을 생산한다고 설명했다. 이러한 순간의 시학을

」, 『현대시학』(1993, 5), pp. 192-199.

21) 최종환, 「김종삼 시 연구― '시간성'과 '타자성'을 중심으로」(석사학위 논문, 경희대, 1998).
  남진우, 「미적 근대성과 순간의 시학 연구― 김수영·김종삼 시의 시간의식」(박사학위논문, 중앙대, 2000).

가장 순도 높게 구현한 시인들로서 김수영, 김종삼을 비교한 논자는 김수영은 상상적 도정으로, 김종삼은 귀향적 도정으로 파악된다고 결론내렸다. 남진우는 김종삼의 귀향적 도정이란 현재에서 벗어나 과거의 한 순간에서 평안을 느끼는 시간 회귀 욕망과 연결되는 것이라고 해명했다. 이러한 견해는 시간의식 관점에서 시 해석의 지평과 논조를 타당성 있게 진행한 것으로서 의의가 있으며, 본고는 미적 근대성의 입지점 설정에 있어 시사받은 바 있다.

김종삼 시의 내면의식과 주제적 측면에 관한 연구에 있어 문제점은 시세계를 역동적인 다양성으로 이해하지 않고 일면적 시각으로 재단하거나 단순화시킨다는 데 있다. 이는 시세계의 다면적 특질들을 은폐하며, 이로써 시인이 현실과의 관련 속에서 극복하고자 했던 결핍의 진정한 의미는 미궁에 빠지게 된다. 따라서 김종삼 시 연구의 단견과 편향성을 극복하기 위해서는 시의식의 근본 문제에 천착하여 좀더 포괄적인 관점에서 규명할 필요가 있다.

다음으로, 김춘수 시세계에 관한 기존 연구는 첫째, 방법론적 측면에 관련된 논의, 둘째, 주제의식에 주목한 논의, 셋째, 존재론적 접근과 관련된 인식론적 논의로 구별된다.

첫째, 김춘수 시의 방법론적 차원에 대한 접근은 '무의미시'의 창작방법과 관련하여 논의된 것이 대부분을 차지한다.[22] 이들의 논의 가운데

---

22) 김용직, 「아네모네와 실험의식— 김춘수론」, 『시문학』(1972. 4), pp. 6-20.
   최원식, 「김춘수 시의 의미와 무의미」, 김용직 외 공저, 『한국현대시사연구』(일지사, 1973), pp. 607-622.
   황동규, 「감상(感傷)의 제어와 방임」, 김춘수연구간행위원회 편, 『김춘수 연구— 김춘수시 인송수기념평론집』(학문사, 1982), pp. 175-192.
   김준오, 「무의미시와 서정 양식」, 『한국현대장르비평론』(문학과지성사, 1990), pp. 29-47.
   김인환, 「김춘수의 장르의식」, 김인환 편, 『한국현대시문학대계25: 김춘수

 김준오와 정효구의 견해가 주목할 만하다. 김준오는 장르 비평의 관점
에서 김춘수의 무의미시론을 검토하여 시와 산문이라는 이분법 체계의
배경을 밝히고 무의미가 시인에게 어떻게 서정 양식의 본질 요건이 되
는지 해명했다. 논자는 이데올로기(곧, 의미)를 배제한 시인의 무의미시
론은 역사적 현실에 대한 인격적 분열의 두 가지 태도로서, 도피적 자
아와 참여적인 자아, 서정적 자아와 산문의 자아, 무의미 구현과 의미
구현으로서의 두 개의 자아, 곧 두 개의 삶의 방식을 가리킨다고 밝혔
다. 이 둘은 시인에게서 조화되지 않고 시와 산문의 엄격한 장르 구분
의 이분법을 빚어내었으며, 예술가의 태도나 언어 용법, 작품의 형식 등
여러 관점에서뿐만 아니라 삶의 세계에 대한 분열된 반응에 뿌리내리고
있다고 논파하였다. 이같은 논증은 시작의 방법적 태도가 시인의 삶의
방식으로서 노정되는 것이라는 균형잡힌 시각으로서 의의가 있다.

 정효구는 김춘수 시의 변모 과정을 세 시기로 나누어 창작방법론의
측면에서 고찰했다.23) 논자는 시인이 제1기에 존재의 의미 찾기와 의미

────────────
　』(지식산업사, 1993), pp. 207-233.
　이은정, 「김춘수와 김수영 시학의 대비적 연구」(박사학위논문, 이화여대, 1993).
　이혜원, 「시적 해탈의 도정― 김춘수의 초기시」, 송하춘·이남호 편, 『1950년대의 시인들』(나남, 1994), pp. 109-130.
　권혁웅, 「김춘수 시 연구― 시의식의 변모를 중심으로」(석사학위논문, 고려대, 1995).
　────, 「어둠 저 너머 세계의 분열과 화해, 무의미시와 그 이후」, 『문학사상』(1997, 2), pp. 300-322.
　────, 『한국 현대시의 시작방법 연구』(깊은샘, 2001).
　정효구, 「김춘수 시의 변모 과정― 창작방법론을 중심으로」, 『20세기 한국시와 비평정신』(새미, 1997), pp. 150-192.
　노철, 「김수영과 김춘수의 시작방법 연구」(박사학위논문, 고려대, 1998).
23) 김춘수 시세계의 시기 구분은 여러 논자에 의해 세 시기로 구분된다. 그러나 각 논의의 관점에 따라 시기 구분의 단락에는 다소 차이가 있

부여하기, 존재들 간에 의미있는 관계의 장을 만들어주기에 몰두했으며 언어를 신뢰하는 태도를 보인다고 해석했다. 그러나 자아와 세계의 의미 탐색 결과 심연에 자리한 허무에 직면하게 된 시인은 제2기의 시에서 자아와 세계를 동시에 부정하고 언어 또한 부정하게 된다고 파악했다. 이 시기 창작방법은 대상을 즉물화시키거나 무화시키는 방법, 시인 자신도 즉자적 존재가 되어버리는 방법, 언어를 해체시키고 소리만 남

다. 예컨대 김춘수 시세계를 셋으로 나눈 논자들 가운데 김두한은 간략히 무의미 이전의 시, 무의미시, 무의미 이후의 시로 분류했다(김두한, 『김춘수의 시세계』(문창사, 1992)). 권혁웅은 첫시집 『구름과 薔薇』(1948)~『부다페스트에서의 少女의 죽음』(1959)을 초기시, 이후 『打令調·其他』(1969)~『處容 以後』(1982)를 중기시, 그리고 『라틴點描·其他』(1988) 이후의 시를 후기시로 간주했다(권혁웅, 앞의 책). 정효구는 창작방법론의 변모를 기준으로 『구름과 장미』~『타령조·기타』를 제1기, 다시 『타령조·기타』~『處容斷章』(1991)을 제2기, 『서서 잠자는 숲』~『壺』(1996)를 제3기로 구별했다(정효구, 앞의 글).
이 외에 김춘수 시의 전개 과정을 여섯 시기로 구분한 논자는 이승훈과 이창민이 있다. 이승훈은 첫째, 존재의 추구 혹은 존재와 언어의 관계에 대한 탐구가 중심을 이룬 시기, 둘째, 관념의 수단이 아닌 순수한 이미지의 세계를 탐구한 시기, 셋째, 「처용단장」 제2부를 중심으로 하는 '리듬이 환기하는 적나라한 실존의 현기'의 시기, 넷째, 1970년대 후반부터 1980년대 초까지로 예술이나 종교에 대한 성찰의 시기, 다섯째, 동양적 삶의 시선으로 서양적 삶의 실체를 바라보는 시기, 여섯째, 포스트모더니즘에 바탕을 둔 기법을 실험하는 시기로 세분화했다(「존재의 기호학」, 『문학사상』(1984, 8), pp. 90-103: 「의미와 무의미의 공간」, 김춘수, 『꽃을 위한 서시』(미래사, 1991), pp. 143-148). 이창민은 첫째, 1948-1954년의 첫시집부터 『第一詩集』까지, 둘째, 1954-1959년의 『꽃의 素描』와 『부다페스트에서의 소녀의 죽음』, 셋째, 1959-1969년까지의 『타령조·기타』, 넷째, 1969-1980년의 『處容』부터 『비에 젖은 달』까지, 다섯째, 1980-1992년의 『라틴점묘·기타』부터 『돌의 볼에 볼을 대고』까지, 여섯째, 1992-1999년의 『서서 잠자는 숲』부터 『의자와 계단』까지의 시기로 구분했다(「김춘수 시 연구」(박사학위논문, 고려대, 1999)).

기는 방법 등이라고 분석했다. 제3기에 와서 시인은 다시금 변모하여
구체적인 현실을 있는 그대로 수용하고, 방법적으로는 산문성과 시성이
가장 잘 결합될 수 있는 산문시 양식을 창작하고 있다고 지적했다. 이
와 동시에 이전의 무의미시에서 보여주었던 언어에 대한 불신과 언어
결합의 해체 및 파괴를 자제하면서 시인은 존재의 공존과 화해를 지향
하게 된 것이라고 추정했다.

둘째, 김춘수 시의 주제의식에 주목한 논의는 시세계와 현실과의 관
계를 검증함으로써 진행된 경우가 많다. 김춘수의 시가 현실세계와 어
떤 상관관계를 유지하는가에 관한 연구는 최하림, 신범순, 구모룡, 김주
연, 서준섭, 김준오에 의해 이루어졌다.[24] 이들의 견해는 김춘수 시세계
가 현실세계와 단절되어 있다고 보는 경우와 단절이라기보다는 시와 현
실의 관계에 있어 순수시에 의거한 현실 부정 및 해탈의 형식이 드러난
다고 보는 경우로 구분된다.

한편, 김춘수 시의 시간의식과 허무의식을 중점적으로 다룬 논문에는
김혜순, 이인영, 조혜진의 논의가 있다.[25] 김혜순은 시간의식의 관점에

---

24) 최하림, 「원초 경험의 변용」, 『시와 부정의 정신』(문학과지성사, 1984),
pp. 208-226.

신범순, 「무화과나무의 언어― 김춘수 초기에서 『부다페스트에서의 소녀
의 죽음』까지 시에 대해」, 『작가세계』(1997, 여름), pp. 59-72.

구모룡, 「완전주의적 시정신」, 김춘수연구간행위원회 편, 앞의 책, pp.
407-422.

김주연, 「기쁜 노래 부르던 눈물 한 방울― 김춘수 시집 『처용단장』」, 『
현대문학』(1992, 3), pp. 288-299.

서준섭, 「순수시의 향방― 1960년대 이후의 김춘수의 시세계」, 『작가세계
』(1997, 여름), pp. 73-90.

김준오, 「처용시학― 김춘수의 무의미시론고」, 김춘수연구간행위원회 편,
앞의 책, pp. 255-293.

――――, 「우울한 고전 기행의 소외현상학」, 『문학과 비평』(1988, 5), pp.
399-404.

24

서 김춘수 시세계에 접근한 최초의 논자로서, 김수영과 김춘수를 참여
와 순수로 양분하는 당시 평단의 견해에 대한 반성을 시도했다. 논자는
두 시인의 시간의식을 비교하면서 김춘수가 근원적 시간성에 대한 느린
개안의 시기를 거쳐 무시간성, 신화적 인물과 동일시된 시간의 순환, 초
월자와 일체가 되는 신비주의적 시간 체험을 보여준다고 해석했다. 결
국 김수영과 함께 김춘수는 현존재를 벗어나려는 끊임없는 요구에 부딪
혔다는 공통점을 지닌다고 함으로써 논자는 시인과 시간의 관계를 조망
했다. 시간의식과 관련하여 이인영은 김춘수와 고은 시세계의 변모 과
정에 있어 내적 동기가 되는 것이 허무의식이라고 보고 정신적 지향을
탐색하기 위해 이를 고찰했다. 특히 논자는 허무의식을 근대의 시간에
대한 반응이라는 관점에서 모순적인 근대의 시간의식이 유토피아 충동
과 반유토피아 충동으로 분화되어 나타나는 과정에 주목했다. 그리하여
이 두 가지 태도는 허무주의의 다양성 아래 포괄될 수 있는 현재에 대
한 비판과 미래에 대한 비판이라고 분석하고, 전자의 경우에 고은, 후자
의 경우에 김춘수가 해당한다고 파악했다. 김춘수 시세계를 시간의식의
측면에서 해명한 조혜진은 존재의 운명과 역사의식으로서의 시간, 초월
의식으로서의 시간, 영원과 순환으로서의 시간, 절대적 현존으로서의 시
간으로 나누어 시간의식의 변모 과정이 어떤 경위를 거쳤는지 파악했
다. 그러나 각 시기 구분의 근거가 불분명하고 각 층위 간의 구별이 차
별성을 띠지 못한다는 점은 비판의 여지를 지닌다.

　김춘수 시의 주제의식을 천착해 나간 논의는 무의미시 이전과 이후의

25) 김혜순, 「김춘수와 김수영 시에 나타난 시간의식의 대비적 고찰」(석사
　　학위논문, 건국대, 1982).
　　이인영, 「김춘수와 고은 시의 허무의식 연구」(박사학위논문, 연세대,
　　1999).
　　조혜진, 「김춘수 시 연구─ 시간의식을 중심으로」(석사학위논문, 성신
　　여대, 2001).

변모를 진술할 뿐 그 내적 동인에 대한 해명으로까지는 진전되지 못하고 있다는 데 아쉬움이 있다.

셋째, 김춘수 시에 대한 인식론적 해명은 사물과 언어의 관계, 시인의 존재론적 차원의 탐구 등과 관련되어 개진되었다. 이러한 고찰은 대표적으로 이승훈에 의해 주도되었으며, 그는 여러 편의 논의를 통해 김춘수 시세계의 의미와 가치를 해석하는 데 중점을 두었다.[26] 특히 시인의 존재 탐구와 관련하여 논자는 시인의 초기 시의식이 하이데거 식의 언어관을 바탕으로 역사와 시공을 초월하는 절대 진리의 세계, 보편성의 세계를 지향한다고 해명했다. 또한 존재의 불확실성의 시대에 시인은 자기 확증의 언어에 의해 자기동일성을 증명할 수 있는 그리움의 형이상학을 근원적 인간 명제로서 제출하고 있다고 보았다. 그러나 변모를 거치면서 시인은 존재가 아니라 부재로써 존재에 대한 새로운 해석을 내리게 되며, 이로써 존재 탐구의 시적 주제는 하이데거에서 데리다로 변모하고 존재 의미가 종말을 고하는 차연의 유희가 시작된다고 논평했다. 논자의 견해는 시의식을 이론적으로 구명하고 시론의 실현 가능성을 제시한다는 점에서 긍정적인 반면, 이론이 우위를 차지하는 까닭에 과장된 논리를 내세우는 경우가 있다.

김춘수 시세계에 관한 논의는 지금까지 다각도에서 전개되어 왔으나,

---

26) 김춘수 시세계에 관한 이승훈의 존재론적 고찰은 다음과 같다.
「존재의 해명— 김춘수의 '꽃'」, 『현대시학』(1974, 5), pp. 48-53.
「김춘수론— 시적 인식의 문제」, 『현대문학』(1977, 11), pp. 257-269.
「시의 존재론적 해석 시고」, 김춘수연구간행위원회 편, 앞의 책, pp. 220-234.
「비대상」, 『비대상』(민족문화사, 1983), pp. 30-47.
「존재의 기호학— 김춘수의 '꽃'」, 『문학사상』(1984, 8), pp. 90-103.
「의미와 무의미의 공간」, 김춘수, 『꽃을 위한 서시』(미래사, 1991), pp. 143-148.
「태어남은 태어나지 않는다」, 『현대시학』(1996, 7), pp. 166-172.

존재 탐구 경향의 초기시와 언어 유희적 경향의 후기시, 즉 의미와 무의미로 대별되는 시세계의 단절적 구분은 아직 극복되지 못한 한계로 남는다. 이는 김춘수 시 연구를 통해 시적 변모의 근본 동인이 납득될 만큼 충분히 해명되지 못했기 때문이다. 따라서 김춘수 시세계의 본질적 토대를 확인하기 위해서는 기저에 자리한 문제의식을 통찰하고 검증하는 과정이 필요하다. 이러한 사정은 김종삼 시 연구에 있어서도 마찬가지로, 두 시인의 시 텍스트에 대한 진전된 논의를 위해 좀더 거시적 관점에서 조망할 필요가 있다.

한편, 현대문학 연구에 있어 시간의 문제가 어떻게 규명되어야 하는가에 관한 논의는 몇몇 논자에 의해 개진되었다. 그러나 문학과 시간의 상관성에 대한 초기 논자들의 언급은 대부분 시론격으로 제출되어 문학 연구방법론의 한 가능성으로 제시되는 데 불과했다.[27] 이들 논자 가운데 오세영은 시에 있어서 시간적 질서는 형식 면에서 은율·리듬·행·연 등으로 표현되고 내용 면에서 주제, 상징 등으로 표현될 수 있다고 지적하면서, 특히 상징은 시간이 공간으로 환원된 질서 이전의 세계이며 시간의 초월을 의미한다고 보았다. 나아가 논자는 동서의 시간관을 비교하고 시간에 대한 일반적 검토를 통해 문학에 반영된 시간관을 고찰하면서 현대에 이르러 영원과 과거에 대한 확신이 사라지게 된 배경에 관해 설명했다. 신대철은 작품 분석을 통해 서정시가 무시간적이라고 여기는 것은 단견임을 증명하고, 시간의식은 현재의 삶을 재구성하는 새로운 질서의식이라 할 수 있으므로 시간 문제를 단순한 기법

---

27) 오세영, 「문학에 있어서 시간의 문제― 방법론적 서설」, 『한국문학』 (1976, 1), pp. 260-274.
신대철, 「시에 있어서의 시간 문제」(석사학위논문, 연세대, 1976).
신동욱, 「서정시에 있어서 시간의 문제」, 『문학의 비평적 해석』(연세대출판부, 1981), pp. 3-13.
김종철, 「시에 나타난 시간성」, 『현대문학』(1981, 5), pp. 344-346.

이나 문법적인 데에만 국한시켜서는 안 된다고 강조했다. 이는 시와 시간에 대한 최초의 연구논문으로서 이러한 연구의 토대 위에서 시간에 관한 연구는 점차 구체적인 성과를 마련하게 되었다.

　문학과 시간의 개념으로부터 출발하여 일상적 시간과 문학적 시간을 비교하고 시간 분석을 위한 조건을 검증함으로써 이론적 근거를 분명히 한 대표적 논자로 이승훈을 들 수 있다.[28] 논자는 시간의 철학적 의미 규정과 문학에 있어서 시간 유형의 의미에 대하여 집중적으로 논증했다. 특히 서정시에 나타나는 시간의 양상을 밝히는 방법론으로서 크게 구조적 접근법, 현상학적 접근법, 인식론적 접근법, 사회·역사적 접근법을 제시하고, 시간 개념을 통해 서정적 자아의 근본 구조를 해명하는 일은 궁극적으로 자아의 자기동일성을 증명하는 문제로 이어진다고 부연했다. 문학과 시간의 상관성을 규명하고 이를 바탕으로 실제 비평을 통해 시간성을 분석하는 데까지 나아간 이러한 논의는 시 이론과 방법론에 대한 모색이 취약한 연구 풍토에서 값진 의의를 지닌다고 본다.

　이후, 시에 있어서 시간에 관한 연구는 구체적인 작품의 실제 비평으로 이어져 시인의 시세계를 이해하는 데 유용한 관점을 제공했다.[29] 이 가운데 엄성원은 김기림, 이상, 정지용의 1930년대 모더니즘 시의 특징을 시간의식의 측면에서 고찰하여 한국 모더니즘 문학 형성기의 근대적

---

28) 이승훈, 『문학과 시간』(이우출판사, 1983).

29) 이원걸, 「시적 직관과 시간의 현재성 연구」(석사학위논문, 경희대, 1987).
이광호, 「영원의 시간, 봉인된 시간」, 김우창 외, 『미당연구』(민음사, 1994), pp. 361-381.
손진은, 「서정주 시의 시간성 연구」(박사학위논문, 경북대, 1995).
송희복, 「시와 시간의식」, 『다채성의 시학』(세계사, 1995), pp. 326-335.
송기한, 『한국 전후시와 시간의식』(태학사, 1996).
엄성원, 「1930년대 한국 모더니즘 시에 나타난 시간의식 연구— 김기림·이상·정지용의 시를 대상으로」(석사학위논문, 서강대, 1997).

성격을 밝혔다. 이는 시간의 강박관념이 근대의 산물인 모더니즘 시에 직접적인 영향을 미치게 되었다는 가정을 가지고 전개된 논의이다. 논자는 이들 시인이 내면적으로 이전과는 다른 근대적 시간과 그 한계를 인식하여 새로운 기법으로 다양하게 반응한 것이라고 논증했다. 아울러 송기한은 근대의 시간의식이 주는 일반적 의미와 한국의 전후 현실이라는 질적 특수성이 주는 이중적 인식 속에서 전개된 1950년대의 시를 시간성의 의미를 통해 고찰했다. 연구대상을 서정주와 박인환으로 설정한 논자는 전자의 주기적 순환 시간과 후자의 시간 해체는 전후 한국 시단의 시간의식을 대표하는 경우라고 파악했다. 그는 서정주의 시간의식이 영미 모더니즘 등에서 추구하는 새로운 질서의식과 문명사의 탄생을 예비하는 미래의 시간적 전망에 기대고 있다는 점에서 근대적인 시간성의 부정으로 나아가는 탈근대적 시간성 전망을 지니고 있다고 규명했다. 근대의 시간의식과 관련된 이러한 논의는 근대 이후 시간에 대한 인식이 변화한 이래, 자기 정당화에 대한 욕구를 숙명적으로 안고 있는 현 시대에 대한 고찰을 포함한다고 볼 수 있다. 이는 근대성의 특수성을 점차 시간의식의 측면에서 고려할 가능성을 열어주는 시도로서도 의의가 있다.

3. 연구방법론 및 범위

문학작품은 어떤 사물이나 사건 또는 인물에 대한 서술로 이루어진다. 이러한 서술의 대상들은 실제로 존재하는 것이 아니라 작가에 의해 가능한 세계로서 창조된 것이다. 그것은 이미 있는 세계는 아니지만 작가가 실제로 살아가는 동안 사물 현상과 사회 속에서 생각해 본 의미의 체계이다. 이 가능한 세계를 통해 독자는 구체적인 삶의 세계로부터 상상적으로 해방된다. 작가에 의해 구성된 세계에 비추어 독자는 실재하는 세계를 비판하고 자각할 수 있으며, 이로써 기존의 세계로부터 벗어나 새로운 세계로 개방되는 것이다.

　문학작품이 드러내주는 가능한 세계는 작가의 의식의 산물이다. 이때 인간의 의식은 스스로의 안에 폐쇄된 영역이 아니며, 그것이 현실적이든지 관념적이든지 실재하든지 상상적이든지 간에 어떤 대상에 대한 의식임을 부인할 수 없다. 따라서 인식 주체자의 순수성을 확보하고 절대적 객관성이 보장된 앎에 도달하고자 하는 현상학에서는 이러한 의식과 대상의 관계에서 출발한다. 현상학의 창시자인 후설(E. Husserl)은 내용이 없는 텅 빈 의식이란 있을 수 없다는 의식작용의 본질에 주목하여 모든 의식은 언제나 '무엇에 대한 의식'임을 명백히 한다. 다시 말해 모든 대상이 의식에 의해 정립되고 지향된 사물들이라는 의식의 '지향성'은 현상학적 태도의 근거이다.[30]

　현상학적 입장에서 볼 때 의식의 주체가 인식하는 대상은 물질로 환원될 수 있는 대상은 아니다. 이 대상은 자연현상이 아니라 의식에 내재하는 현상으로서 지향적 의식에 관련된다. 현상학적 방법론이 대상과 의식 사이의 근본적이며 뗄 수 없는 관계에 근거하는 까닭에, 대상에 대한 앎은 의식에 나타난 현상 자체에 대한 것이다. 이때 대상은 의식 안에서 하나의 객관적 통일성을 이루는데, 이는 '대상이 의식 안에서 스스로를 구성한다'는 말로 표현된다. 즉, 대상은 의식의 이해 방식에 입각하여 스스로를 내맡기며, 이로써 세계는 의식을 통하여 스스로를 밝히게 되는 것이다.[31] 그러므로 의식에 주어진 대로의 대상을 파악하려

---

30) 박이문 외, 『현상학』(고려원, 1992), p. 19 참고.

31) Pierre Thévenaz, 『현상학이란 무엇인가』, 심민화 역(문학과지성사, 1982), p. 31 참고.

는 현상학적 방법론은 문학작품 해명의 적절한 도구로 도입될 수 있다. 문학작품은 한 인식 주체자의 지향적 의식의 구체화로서 표현된 것이기 때문이다.

문학 연구에 있어서 현상학적 방법론은 한 주체자의 의식이 어떻게 세계를 근원적으로 의식하며, 세계에 어떤 의미를 부여하는지를 파악하는 데 있다. 이는 문학으로 구체화된 주체자의 의식이 어떻게 대상을 드러내는지를 연구자가 자기 의식 속에 다시 포착함으로써 이루어지므로 '의식의 현상학'으로 지칭된다.32) 이러한 현상학적 연구방법은 특히 시작품이 대상이 될 경우에는 이미지에 대한 비평으로 구체화될 수 있다. 이미지는 객관적 사물이나 세계의 인과적인 관계로 설명되는 기계적인 반영이 아니라 세계 속에 사는 주체로서의 인간의 표현이다. 그것은 시인이 세계를 어떻게 설정하는지에 대한 의식을 나타내므로 의미 있는 존재라 할 수 있다. 그리하여 시작품이 시인의 원초적 의미화이며 이미지로 구성된 세계이기 때문에 그에 대한 연구는 직관에 의해 파악하고 공감하는 작업이 된다.33) 본고에서는 시인의 의식 형태의 가장 근원적인 의도에 도달하고자 하는 입장에서 이러한 현상학적 방법론을 적용한다.

현상학적 방법론에 의해 의식 형태의 근원적 측면을 파악할 수 있다고 할 때, 과연 인간 주체의 의식이란 무엇인가에 대해 다시금 질문을 던져볼 수 있을 것이다. 의식은 어떤 것에 대한 의식으로서 이미 성립된 상태이기도 하지만, 그같이 성립된 상태가 되어가는 움직임이나 과정 자체이기도 하다. 의식한다고 할 때의 움직임 자체에 주목할 경우 의식은 변화와 과정으로서 이해된다. 그러므로 인간의 의식은 과정(過

---

32) 한영옥, 『한국현대시의 의식탐구』(새미, 1999), pp. 145-146 참고.
33) 박이문, 앞의 책, p. 117 참고.

程, process)의 입장에서 규명되어야 할 필요가 있다. 과정이란 글자 그
대로 "사물이 생성, 변화, 발전을 통해서 진행해 가는 양상"[34]이다. 시
간이나 공간의 변화에 따라 의식 대상의 변화를 탐구하는 과정학에 의
하면 과정은 모든 존재의 기본 구조로 이해된다. '과정'이라는 기본 개
념에 입각한 사유방식을 전개시킴으로써 존재론적 물음을 체계화한 화
이트헤드(A. N. Whitehead)에 따르면 존재하는 것은 생성 과정과 분
리되지 않으며, 현실세계는 과정이고 이 과정은 현실적 존재들의 생
성[35]이기 때문이다. 요컨대 의식 대상을 지향하고 있는 인간 주체의 의
식이란 현실적 존재들의 생성 과정이라고 할 수 있다.

　이러한 의식의 역동적인 생성 과정은 의식 주체의 시간적, 공간적 지
각의 통합에 의해 이루어진다. 대개 공간이 변화하지 않았다고 해도 시
간은 변화했을 가능성이 있으나 공간이 변화한 경우는 반드시 시간의
흐름을 수반한다. 시간의 흐름은 공간적 변화보다 근본 차원에서 발생
하며 공간의 변화는 시간적 흐름에 종속되는 것이다. 또한 의식의 주체
자인 인간은 의식 속에서 기억이 변화했을 경우 시간의 흐름을 인지한
다. 의식 내에서 아무런 변화가 없을 경우는 단적으로 말해서 시간의
흐름은 부재한다고 볼 수 있다. 이러한 사실은 의식의 변화가 시간의
흐름과 필요충분조건 관계에 있음을 보여준다. 그러므로 "의식은 모두
실제로 작용할 경우 시간의식이며 의식의 구조는 의식의 시간적 관계가
분명히 추출될 때에만 해명"[36]될 수 있다. 인간의 의식 자체가 이미 시
간적인 구조와 의의를 갖추고 있다는 사실은 의식 현상학적 방법론을
적용할 때 필연적으로 시간 현상을 탐구하게 된다는 의미이다. 이는 시

---

34) 김채수 편저,『과정학의 원리』(세손, 1993), p. 17.

35) 오영환,『화이트헤드와 인간의 시간경험』(통나무, 1997), p. 56 참고.

36) Friedrich Kümmel,『시간의 개념과 구조』, 권의무 역(계명대출판부,
　　1986), p. 165.

간이 의식 구조 속에 그 근원을 두고 있음을 뜻한다. 후설이 의식에 지속적으로 나타나는 내재적 시간 그 자체를 기술함으로써 의식의 심층을 분석했던 것은 이러한 사정에서 기인한다.

　'시간의식'(time-consciousness)이라는 용어는 후설에 의해 전문적으로 통용된 것으로서, 그는 자연적 의미의 생활세계의 시간이 아니라 의식 경과의 내재적 시간을 연구했다. 후설은 "시간의식을 해명하고, 객관적 시간과 주관적 시간의식을 정당한 관계 속에 정립하고, 어떻게 시간적 객관성 일반이 주관적 시간의식 속에서 구성될 수 있는가"[37]를 규명하고자 했다. 시간의식의 분석은 인식의 궁극적 근원을 해명하기 위해 부단히 되돌아가 묻는 현상학의 가장 밑바닥 층이며, 이 용어는 의식과 시간 사이에 개재한 변별 가능하지만 뗄 수 없는 지향성을 드러내 준다. 시간의식이란 결국 인간이 경험하는 내재적 시간의 지향성으로서 객관적 시간과 체험의 대상을 구성하는 근원적 근거이다.[38] 후설의 현상학은 지향적 의식으로서의 인간이 스스로의 경험세계를 구성하는 방법 및 그 방법이 드러내는 본질적 구조와 패턴을 밝히는 데 중점을 둔다. 따라서 그의 이론은 시간 자체에 대한 것이 아니라 의식 주체인 인간이 어떻게 시간을 경험하고 구성하는지를 설명한다.

　현상학적 방법론으로 시세계 전반에 드러나는 시간의식을 연구하는 이 글에서 파악하려는 것 역시 시간 자체에 대한 규명이 아니라 두 시인의 시간 경험과 그 형성 과정에 관한 것이다. 이러한 시간의식의 지향성을 통해 의식의 역동적이고 능동적인 특성을 해명하고자 하는데, 이는 무엇보다도 의식의 지향성을 통해 의식 주체와 의식 대상의 역동적인 만남이 가능하기 때문이다. 그러므로 이 연구는 현상학적 방법론

---

37) Edmund Husserl, 『시간의식』, 이종훈 역(한길사, 1998), p. 54.

38) 위의 책, pp. 27-44 참고.

을 적용하여 시인이 의식 대상을 과정으로서 의식하고 지향하는 근거로
서의 시간의식을 파악하는 데 초점을 둘 것이다. 과정학의 의식은 대상
의 공간적 변화와 시간의 흐름에 대한 의식이므로 본 연구는 과정학의
입지점에서 의식공간 변화에 따른 시간의식의 변화를 의식 현상학으로
써 규명하게 된다. 따라서 이같은 고찰은 그간 모더니즘의 특징 가운데
하나로 거론된 공간의식을 시간의식의 측면으로 보완하고 확충한다는
의미를 지닌다. 본고에서 논의되는 시간의식은 공간의식의 대타개념으
로서가 아니라, 공간의식이 시간의식과 어떻게 역동적으로 만나는지 살
피는 관점으로서 선택되기 때문이다.

　일반적으로 모더니즘은 "공간적 형식"[39]이라는 개념으로 설명되어
왔다. 모더니즘 개념의 정립을 위한 여러 가지 시도 가운데 보링거(W.
Worringer)와 흄(T. E. Hulme)의 견해[40]를 수용한 프랭크(J. Frank)

---

39) J. Frank, 「Spatial Form in Modern Literature」, 『The Widening Gyre
　』(New Brunswick, 1963).

40) 흄은 예술사가인 보링거의 견해에서 힌트를 얻어 예술에는 기하학적
　인 것과 생명적인 것, 이 두 가지의 판이한 종류가 있다고 설명한다.
　우선 인간에게 자연스러운 예술, 생명력이 있고 기쁨을 주는 예술은
　그리스 예술, 르네상스 이래의 예술과 같이 생명력의 증대감, 외부 자
　연과의 '감정이입'에 그 원천을 둔다. 반대로 기하학적 예술은 자연에
　대한 기쁨과 생명력을 추구하는 노력 없이 딱딱하고 생명력이 없는
　것으로 표현된다. 이는 이집트나 인도, 비잔틴 예술에 드러나는 '추상
　에의 경향'인데 흄은 이러한 예술적 충동은 외부 자연을 대하는 '분리
　의 감정'에서 기인한다고 해석한다. 흄은 근대 이후의 모더니즘 예술
　에서 요구되는 예술 경향은 감정이입이 아니라 추상이라고 주장하는
　데 이것은 그의 반휴머니즘적 입장과 불연속적 세계관을 대변한다. 프
　랭크는 보링거의 비자연적 양식, 흄의 기하학적 예술과 등가의 개념인
　공간적 형식을 내세움으로써 현대 예술의 특성을 문화사적 이념에서
　규정한다. T. E. Hulme, 『휴머니즘과 예술철학』, 박상규 역(삼성미술
　문화재단, 1971); W. Worringer, 『추상과 감정이입』, 권원순 역(계명

34

는 글쓰기의 공간화, 즉 모든 시간의 연속으로부터 찢겨지고 파편화된 이미지의 병치가 문학에서의 모더니즘의 특징이라고 주장한다. 그것은 모더니즘 이후 현대시의 언어가 사물에 대해 반영적이며, 그 의미의 관계성 역시 시간의 지속성으로는 완전히 파악할 수 없는 공간적 동시성을 지니고 있기 때문이다. 프랭크가 모더니스트들은 전통적인 시간적 구성을 중지시키거나 아예 없애버리고 그 대신 공간을 작품 구성 원리로 삼는다고 말한 것도 이와 관련이 있다. 그러나 이같은 모더니즘의 기법상 특징은 의식에 따른 공간 배열이므로 과거-현재-미래로 이어지는 시간의 순차적 질서를 파괴하고 뒤섞어 놓은 것이다. 이는 의식 전개에 따라 시간을 입체적으로 파악한 것일 뿐 아니라 오히려 시간의 내면화로서 이해된다. 모더니즘에 의해 시간은 더 이상 객관적이고 전통적인 관점에서 해석할 수 없는 문제가 된 것이다. 더욱이 모더니즘을 19세기 말부터 20세기 전반기에 걸쳐 서구 예술에 풍미한 실험적 예술 사조로 제한한다 하더라도, 이는 시대적 상황의 단순한 반영이 아니라 지속적인 태도의 변화에서 말미암은 현상으로서 해석된다. 새로운 예술은 기존의 가치로써는 표현할 수 없는 새로운 변화를 겨냥하기 때문이다. 따라서 모더니즘을 상황적 조건에서 파생된 형식적 기법의 일종으로만 이해한 프랭크의 견해는 모더니즘의 본질에 관해서는 피상적이라는 한계를 드러낸다. 모더니즘의 다양성을 인정한다면 공간적 기법이 정신적 태도와 맞물리는 지점에서 모더니즘의 본질을 발견할 수 있을 것이다.

앞에서 기술한 바와 마찬가지로 인간 의식의 변화란 시간과 공간에

대출판부, 1982) 참조.
　모더니즘의 특성과 공간의 상관성에 관해서는 오세영, 『문학연구방법론』 (시와시학사, 1993), pp. 124-157; Alex T. Callinicos, 『포스트모더니즘 비판』, 임상훈 · 이동연 역(성림, 1994), pp. 38-39 참조.

대한 의식 변화를 전제한다. 모더니즘이 시대적 변화로부터 토대를 마
련했다는 사실을 고려해 볼 때 모더니즘은 공간뿐만 아니라 시간에 대
한 지속적인 관계에서 시작되었음을 배제할 수 없다. 모더니즘이 형성
될 당시의 상황은 이러한 사실을 확인해 준다.

> 20세기 초반 유럽의 모더니즘은 여전히 사용 가능한 고전주
> 의적 과거와 여전히 불확실한 기술적 현재, 그리고 여전히 예측
> 할 수 없는 정치적 미래 사이의 공간에서 꽃을 피웠다. 다른
> 식으로 말하자면, 그것은 반(半)귀족적인 지배 질서, 반산업
> 적인 자본주의 경제와 아직 완전히 출현하지 않았고 완전히
> 봉기하지 못한 노동 운동이 상호 교차되는 지점에서 일어났
> 다.[41]

이 인용문에 의하면, 모더니즘에 활기를 부여한 문화적 역장(力場)
속에는 서로 다른 역사적 시간에 연결되는 이질적인 가치, 이념, 비전
들이 복합되어 있었음이 분명해진다. 이러한 사실을 통해 모더니즘의
초기 단계에서부터 역설과 모순에 찬 근대적 경험이 그 핵심으로 자리
잡았다는 것을 알 수 있다. 모더니즘이라는 용어 자체는 근대사회의 성
립과 불가분의 관계를 가리키는데 이는 사회의 변화 속에서 개인들이

---

41) Perry Anderson, 「근대성과 혁명」, 김영희 · 유재덕 역, 『창작과 비평』
    (1993, 여름), p. 349.
    이 글에서 앤더슨은 모더니즘과 근대화의 변증법을 해명하고 있는 버
    만의 저서 『All That Is Solid Melts into Air』(New York, 1982)를 논
    평하고 있다. 그는 버만이 모더니즘을 본질적으로 혁명적인 것으로 보
    면서 그 개념이 지나치게 포괄적이고 모호해서 분명한 대상을 지칭하
    지 않는다는 점을 지적한다. 그리하여 그는 버만의 논의에 미진한 채
    로 남아 있는 모더니즘의 역사적 특수성에 대해 강조하기 위해 모더
    니즘이 시간에 있어서 서로 이질적인 세력들의 중첩에 의해 태동되었
    음을 밝히고 있다.

겪게 되는 경험의 표현이라고 할 수 있다. 그러나 모더니즘은 근대사회 성립 초기부터 곧바로 나타나서 지속된 것이 아니라 합리적 이성에 따라 끊임없이 전진해 간 모더니티의 부정적 측면이 노출되는 세기 전환기에 비로소 시작되었다.42) 그렇다면 모더니즘 발생의 근거가 되는 모더니티의 부정적 측면이 무엇인지 검토하는 작업을 통해 모더니즘의 근본 정신을 파악할 수 있다는 결론이 나온다. 이는 모더니티의 타당한 범주 구분과 개념 정립 위에서 이루어질 수 있다.

　문학 연구의 범주에 있어 모더니티와 관련된 개념 정립의 혼란이 이미 가중된 상태에서 이를 극복하기 위해서는 논의의 입지점을 명확히 할 필요가 있다. 모더니티의 두 범주인 사회역사적 모더니티와 미적 모더니티 사이의 불일치와 긴장이 모더니티 개념 혼란의 핵심 요인이라면,43) 모더니티 담론에서 선결되어야 할 사항은 분명하다. 따라서 본고에서는 작품에 나타난 시인의 세계인식으로서의 모더니티를 논의함에 있어서 사회역사적 모더니티와 미적 모더니티를 구분하는 입장을 취한다. 물론 합리적 이성에 본질을 두는 사회역사적 모더니티는 근대 기획의 원동력이 되는 것으로, 그것 없이는 미적 모더니티의 존재 이유를 찾을 수 없다. 모더니즘 예술의 미적 모더니티야말로 사회역사적 모더니티에 대한 견제와 상호관계성을 전제로 하기 때문이다. 이 글에서는 양자의 상호관계성을 인정하지 않는 것은 아니나, 모더니티의 사회역사적 차원과 미적 차원의 구분이 예술에 있어서 모더니즘을 가능케 하는 원천이었다는 사실에 중점을 두어 고찰하고자 한다.44)

---

42) 최유찬·오성호, 『문학과 사회』(실천문학사, 1994), p. 384 참고.

43) 이광호, 『미적 근대성과 한국문학사』(민음사, 2001), p. 48 참고.

44) 모더니티의 사회역사적 용법과 미적 용법을 근원적으로 분리한 논자로 우선 마테이 칼리니스쿠(M. Cǎlinescu)를 들 수 있다. 그는 서구 문명사의 한 단계에 속하는 모더니티(사회 경제적 변화의 산물로서의

한국 문학에 있어 미적 모더니티의 인식적 깊이를 수행한 시인으로서 김종삼, 김춘수의 시세계 고찰은 이와 같은 관점에서 이루어진다. 이들 시인을 연구대상으로 선정한 이유는 무엇보다 두 시인이 다같이 1930년 대 모더니즘의 한계를 넘어서서 세계인식으로서의 모더니티를 완성하고 1960, 70년대로 이어지는 모더니티의 기점을 확보했다는 점에서 한국 현대시의 한 결절점을 차지하기 때문이다. 한국의 모더니즘은 1930년대 의 주지주의 운동, 1940년대 말의 '신시론' 동인과 1950년대 초 '후반기' 동인으로 이어지면서 1960년대 이후 현재에 이르기까지 한국시의 바탕 을 형성하고 있다.45) 이 큰 흐름의 줄기 가운데 김종삼과 김춘수는 시

모더니티)와 미적 개념으로서의 모더니티 사이에 역전 불가능한 균열 이 발생했다고 파악한다. 즉, 부르주아 모더니티 관념이 진보의 원리, 과학과 기술의 유용한 활용가능성에 대한 신뢰, 측정할 수 있는 시간 에 대한 관심, 이성숭배, 중산층에 의해 수립된 승승장구하는 문명의 핵심적 가치를 지향한다면, 미적 개념으로서의 모더니티는 부르주아 모더니티에 대한 철저한 거부 및 소멸적인 부정적 열정으로 기울어진 다는 것이다(『모더니티의 다섯 얼굴』, 이영욱 외 역(시각과언어, 1994), pp. 53-54 참조). 또한 위르겐 하버마스(J. Habermas)는 근대 자연과학에 의해 촉발된 모더니티와 19세기 중반기에 배태된 미적 모 더니티를 상호 단절된 성격으로 이해한다(「Modernity— An Incomplete Project」, 『The Anti-Aesthetic』, Edited by H. Foster (Washington: Bay Press, 1983), 윤평중, 『푸코와 하버마스를 넘어서』 (교보문고, 1998), pp. 324-342에 재수록).

모더니티의 범주에 관한 이분법적 견해는 국내 학계에 수용되어 대표 적으로 김욱동, 『모더니즘과 포스트모더니즘』(현암사, 1992); 백낙청, 「문학과 예술에 있어서의 근대성 문제」, 『창작과 비평』(1993, 겨울), pp. 7-32; 이승훈, 『모더니즘 시론』(문예출판사, 1995)에서 드러난다. 반면, 미적 모더니티가 사회역사적 모더니티의 계몽주의적 이념과 항 상 구분 가능한 것이 아님을 강조하여 위의 견해에 비판적 입장을 제 시한 대표적 논의로는 김유중, 『한국 모더니즘 문학의 세계관과 역사 의식』(태학사, 1996)을 참조할 수 있다.

세계의 독자적 수행에 있어 남다른 미적 성취와 자율성을 보여주면서 모더니즘의 인식적 새로움을 완성한다. 이러한 한국 현대시사적 위상의 유사성 외에도 두 시인의 시세계 사이에는 공통점과 차이점이 많이 발견된다. 김종삼, 김춘수 시인 모두 유년기나 과거에 대한 관계에 집착을 보인다는 점, 이미지의 역동성이 뚜렷하게 추출된다는 점, 시적 경험을 토대로 한 시간의식의 변주 및 언어에 대한 강한 자의식을 보인다는 점, 모더니즘의 근본적 문제의식으로 발전한다는 점 등이 주목할 만한 공통점이며, 세계와의 관계에 있어 태도의 상이함은 두 시인의 뚜렷한 차이점으로서 시간의식의 차별성으로 이어진다. 이러한 특질들 가운데 김종삼과 김춘수는 일관되게 시간의식을 드러내며 시간을 극복하고자 하는 독특한 시세계를 구축했음을 파악할 수 있을 것이다.

　본고에서는 김춘수 시를 고찰함에 있어 무의미시의 정점인 「處容斷章」이 완성된 이후, 시집 『處容斷章』(1991)까지를 연구범위로 한정한다. 이는 미적 모더니티의 특수성이 김춘수가 실험한 무의미시에서 전면화되며, 초기부터의 시적 여정이 일단락지어지는 무의미시의 완결은 이 시집까지를 포함한다고 보기 때문이다.

---

45) 윤호병, 「모더니즘 시학의 수용과 주체적 전개 과정」, 『현대시』(1994. 3), pp. 38-50 참고.

Ⅱ. 미적 모더니티와 시간의식

1. 미적 모더니티와 시간

　　모더니티라는 개념이 미학적 측면에서 쓰이기 시작한 것은 17세기 이후의 일로서, 이 단계에서 모더니티는 "자기 규정을 위한 하나의 시도로서, 현재를 진단하는 한 방식"[46]으로 사용되었다. 그리하여 미의 관념이 초월적인 면모를 상실하고 상대적이며 역사에 내재하는 개념으로 변모한 시기는 18세기였다. 문학이나 예술과 관련하여 모더니즘이라는 용어가 처음 사용된 것 역시 이 당시이며, 이것이 문예사조의 개념으로서 적극적으로 쓰이기 시작한 것은 19세기 후반이었다. 이 과정에 있어 미적 모더니티에 관한 자각은 보들레르(C. Baudelaire)의 글에서 분명하게 드러난다. 보들레르는 "모더니티는 일시적인 것, 우발적인 것, 즉흥적인 것으로 예술의 반이며 나머지 반은 영원한 것과 불변하는 것이다"[47]라는 말로써 순간마다 유동하고 항상적으로 변화하는 모더니티 의식을 표방하였다. 이는 진정한 작품이란 과거의 걸작에 편승하는 것이 아니라 언제나 생성의 순간에 사로잡혀 있음을 말해준다. 이러한 모더니티의 미적 개념에 대한 접근은 '고대인'과 '당대인' 간의 체계적인 비교를 종식시켰다. 미적 모더니티는 과거에 행해져 왔던 모든 것과 실질적으로 다른 '혁신성'에 대한 탐구를 의미하게 되었다. 이로써 전통적

---

46) Paul de Man, 「Literary History and Literary Modernity」, 『Blindness and Insight』(Routledge, 1996), p. 143.

47) Charles Baudelaire, 「The Painter of Modern Life」(1863), 『My Heart Laid Bare and Other Prose Writings』(London, 1986), p. 37.

인 미학의 권위가 붕괴되었고 이와 동시에 현재에 대한 자의식은 점차 가치의 원천으로 자리잡게 되었다.

보들레르의 이같은 미적 모더니티 이해는 니체(F. W. Nietzsche)가 삶을 위한 '망각'의 능력을 강조한 입장과 상통하는 면이 있다. 니체는 19세기 역사주의, 그것의 실증적이고 과학적인 이데올로기와의 전면적인 단절을 추구하는 입장에 서있었다. 철학의 목적이 생 자체였던 그는 근대적 세계 속에서 역사의식이 창조적이고 초월적인 생의 활력을 위축시킨다고 보았다. 따라서 그에게 있어 당대를 위한 탈출구는 역사에 대한 능동적이고 가차없는 망각이었다. 그리하여 그는 과거를 잊어버리는 능력, 자신을 시계(視界)에 국한시키는 능력이 역사의 절대적 권위에 지배당한 시대를 치유하는 비결이라고 주장했다.[48] 이러한 망각의 원리는 보들레르가 모든 독창성의 진정한 원천인 '지금'으로의 함몰 및 과거에 대한 반란을 의도한 태도와 매우 가까운 것이다. 니체가 주장한 망각의 원리는 19세기 후반 상징주의 이래의 각종 모더니즘 운동에서 역사적 선례에 대해 끊임없이 부정하는 정신으로 이어진다. 이같은 "가차없는 망각, 그리고 이전의 모든 경험의 짐을 벗어던진 채 어떤 활동에 자신을 내던지는 맹목성은 진정한 모더니티 정신을 획득"[49]한 것이라는 진단을 받는다.

따라서, 미적 모더니티는 "역사를 통해서 똑같은 것으로 머무를 수 없는 시간의식의 국면들"[50]이며 역사적 시간에 대한 대립을 의미한다. 이와 같이 모더니티란 시간에 대한 계속적인 강박관념을 표출한다. 시간과 관련된 모더니티의 특수성은 사회역사적 차원과 미적 차원의 명백

---

48) 황종연, 「모더니즘의 망령을 찾아서」, 김성기 편, 『모더니티란 무엇인가』 (민음사, 1994), pp. 194-196 참고.

49) Paul de Man, 앞의 글, p. 147.

50) Matei Călinescu, 앞의 책, p. 63.

한 균열 속에서 고찰할 수 있다.

근대의 계몽적 이성에 의해 추진된 사회역사적 모더니티의 이념은 과학 기술의 급격한 발전과 함께 산업화가 가져다 준 생산력 증대와 생활 수준의 향상을 초래하였다. 이는 인간 이성에 대한 확신과 더불어 진보에 대한 흔들리지 않는 믿음 아래 진행되었다. 이러한 진보의 교의에는 자본주의적 근대화의 논리, 즉 전진만이 허용되는 시간에 대한 의식이 내포되어 있다고 볼 수 있다. 시산이 일직선적으로 흘러가지 않고 정지해 있다거나 순환한다는 인식 하에서는 진화와 진보에 대한 믿음은 지속될 수 없기 때문이다. 이러한 시간관에 따라 근대 사회는 경제적인 발전과 자아 발전이 점진적으로 이루어지리라는 낙관적 기대 속에 변혁의 추동력을 더해 가고 있었던 것이다.

그러나 서구 사회가 18세기 말에서 19세기 초에 걸쳐 경제적, 사회적으로 발전함에 따라 겪게 된 급격한 변화는 생산력의 엄청난 증대 이면에 자리한 무질서와 갈등, 근대적 삶의 불안정성, 공동체의 와해, 개인의 소외, '세계의 탈마법화', 수단이 목적을 압도하는 합리성의 '쇠우리' 등이었다.51) 이렇게 근대화의 어두운 측면들이 하나 둘 부각되기 시작

---

51) 합리성 문제를 근대화의 핵심 주제로서 천착한 막스 베버(M. Weber)는 합리화가 세계를 설명하는 데 더 이상 신비롭고 불가측한 힘에 의존하지 않아도 됨을 의미하는 세계의 탈마법화로 개진된다고 보았다. 서구적 합리성이 전 사회적 차원으로 확산되는 현상은 베버가 생각하던 모더니티의 본질이며 이 추세는 불가항력적인 힘으로 근대 사회에 깊숙이 뿌리내리고 있다고 볼 수 있다. 그리고 수단에 지나지 않던 목적합리적 행위 양식이 목표로 탈바꿈하면서, 윤리적 행동의 가능성을 배제하는 쪽으로 치닫게 된다. 목적합리적 행위는 이미 자발적인 지향을 상실하고, 인간 조건의 소외, 자유의 상실, '쇠우리'로 비유되는 수단의 체계에 편입되어 제도에 복속될 뿐만 아니라 그것에 그대로 적응해 버리고 마는 비합리성의 심화를 불러일으키게 된다.
Max Weber, 『프로테스탄티즘의 윤리와 자본주의 정신』, 박성수 역(문예

하면서 인간의 삶을 윤택하게 해주리라 믿었던 계몽의 기획들은 인간 조건의 소외를 불러일으켰다. 근대화의 진행 과정에서 발생한 부정적 측면들은 당시 사회를 구성한 사람들의 삶이 종전과는 뚜렷이 다른 방식으로 이루어지게 되었기 때문이기도 하다. 근대화는 단 한번의 변혁에 의해 안정된 체제를 가져올 수 없는 영구적이며 역동적인 발전과정이므로, 그 변화 속에서 인간 주체의 지위는 불안하고 부유하는 것으로서 인식될 수밖에 없었던 것이다. 그리하여 사회역사적 모더니티의 부정적 측면이 가시화되면서 진보의 논리에 수용된 질서정연한 시간의식 역시 자연히 의심의 대상이 되었다. 인간의 지위가 불안정해지고 진보에 대한 낙관적인 전망이 흔들리게 되자 과거-현재-미래의 시간을 하나로 연결하는 인과관계에 대한 의식은 위협을 받기 시작한 것이다. 이에 따라 시간의 흐름은 전진하는 것이라기보다 유동적이며 예측하기 어려운 혼돈과 우연이라는 측면에서 이해되기 시작했다. 역사는 내재적인 힘들의 상호작용에 의해 매순간 결정되는 것일지도 모른다는 사고가 싹트기 시작했으며, 더 이상 시간을 일직선적인 것으로 파악할 수 없다는 위기의식과 불안정성이 드러나게 되었다.[52] 이러한 조건 속에서 일직선적 시간의식과는 다른 별개의 시간의식이 요구되었으며 사적이고 주관적이며 인간의 의식 속에 놓인 경험과 관련된 시간의식이 등장하게 된다.

요컨대, 사회역사적 모더니티의 일직선적 시간관에 대한 회의로부터 미적 모더니티는 탄생한다. 사회역사적 모더니티의 시간관을 부정함으로써 두 모더니티의 시간의식 범주는 근원적으로 분리되었다. 근대적 삶에 대한 주체의 인식과 대응이 유동적이고 부정적인 것으로 역전됨으

출판사, 1988) 참고.

52) 김유중, 앞의 책, p. 31 참고.

로써 사회역사적 모더니티와 미적 모더니티 사이에 생긴 괴리에서 발생한 것이 곧 문예사조상의 모더니즘이다. 따라서 예술에 있어서의 모더니즘은 미적 모더니티에 대한 탐구이며, 특히 시간과의 상관성에 있어 사회역사적 모더니티와 대립적인 개념 위에서 형성된 것이다. 객관적이고 일직선적이며 역사적인 시간 대신, 사적이며 주관적이고 개인적인 시간 개념이 모더니즘을 통해 환기되기 시작한 것은 이러한 사정 때문이다. 그리하여 미적 모더니티에 관한 논의는 특정한 시간의식의 틀 내에서만 파악될 수 있다.

그렇다면 미적 모더니티에 관한 논의를 진행시키기 위해 파악해야만 하는 특정한 시간의식이란 무엇인가? 이는 모더니즘을 "정체와 고정, 현실의 역동적 흥망성쇠의 조류로부터 분리된 정적이고 추상적인 모델"로 보는 견해에 비판적인 논자들이 모더니티를 "운동, 유동성, 변화, 예측불가능의 문제"53)로 파악한다는 사실을 통해 그 특성이 드러난다. 즉, 모더니즘은 고정된 실체라기보다는 운동이며, 현실과 분리된 추상의 세계라기보다는 역동적으로 변화하는 예측불가능의 세계인 것이다. 이는 베르그송(H. Bergson)이 이른바 '지속'(durée)이라고 파악한 시간, 곧 내성적 경험의 연속성으로 드러나는 의식의 지속과 관련된다. 20세기에 들어서면서 시간에 대한 재규정의 문제를 제기한 베르그송은 외적이고 공간적이며 양적으로 파악되는 과학의 시간과 내적이고 질적으로 경험되는 지속을 구별하였다. 그는 인간의 의식 세계는 추상적으로 고정화시켜서 분석하거나 공간 속의 대상처럼 양적으로 측정할 수 있는 세계가 아니라, 흐름이자 지속으로서 자아가 내적으로 느끼고 체험하는 실재적이고 현실적인 세계라고 주장하였다. 이때 의식의 내면세계가 지속이고 흐름이라고 해서 그 흐름의 시간이 다같은 동질의 시간이라고

---

53) S. Lash and J. Friedman, 『Modernity and Identity』(Oxford: Basil Blackwell Ltd., 1992), pp. 1-8 참고.

44

착각해서는 안 된다. 의식의 지속은 '창조적 생성'이며 '발명적인 자발성'을 띠는데, 이는 이질성의 연속이자 변화를 의미한다. 이는 존재를 고정된 사물이나 상태가 아니라 유동성과 운동으로 파악하는 것이다.[54]

이러한 관점에 의하면 인간의 자아가 느끼고 체험하는 실재적이고 현실적인 시간은 획일적, 동질적인 시간이 아니라 계속해서 창조되고 변화무쌍한 이질성의 선율이다. 인간은 주관적 의식이고 의식은 끊임없이 흐르는 유동성이라는 인식은 모든 존재를 생성, 변화, 혁신성으로 파악하는 과정철학의 체계를 이룬다.[55] 이같은 생성과 변화와 혁신성은 모더니티 의식을 표방한 보들레르의 미적 자각과도 상통한다. 또한, 여기에는 의식의 지속으로서의 인간이 일직선적 인과관계의 질서에 의해서가 아니라 비결정적이고 유동적이며 매순간 새로운 창조 속에서 현재를 파악하려는 새로운 시도가 담겨 있다. 이는 인간의 의식 속에 놓인 경험과 관련된 시간으로서 끊임없이 재정립되면서 창조되는 과정과 생성으로서의 시간의식을 의미한다. 이러한 면에서 미적 모더니티의 시간 구조는 끝없는 이질성의 흐름인 주관적 시간과 관련하여 매순간 스스로

---

54) 베르그송의 지속의 시간에 관한 해설은 최정식, 「지속과 순간」, 한국서양 고전철학회 편, 『서양 고대 철학의 세계』(서광사, 1995), pp. 401-422; 김형효, 『베르그송의 철학』(민음사, 1991)을 참조.

55) 과정철학을 체계화한 화이트헤드는 구체적인 지속의 최소 단위를 '현행 계기'(현실적 계기, actual occasion)라는 개념으로 파악하고, 각각의 현행 계기를 유기적 과정으로 기술한다. 즉, 한 계기는 끝없이 다른 계기들과 상호작용할 뿐만 아니라 내적으로도 변화하는 과정을 겪으며, 현행 계기들의 집합체인 우주는 비결정성과 새로움과 미완의 진행 과정, 다시 말해 영원한 구축의 과정 속에 있다고 본다. 이러한 그의 체계는 유기체 철학으로서 존재에 대한 역동적 사유방식이며 유동의 형이상학이라 할 수 있다. 화이트헤드의 사상이 비교적 쉽게 해설되어 있는 글로는 Jean-Claude Dumoncel, 「화이트헤드 또는 격류의 우주」, 이지훈 역, 『신생』(1999. 가을-2000. 봄)을 참고.

를 재수립하는 것임을 알 수 있다. 따라서 사회역사적 모더니티로부터 분리된 미적 모더니티의 시간의식은 진보와 이성의 객관적 시간이 아니라 관계와 직관의 주관적 시간이다. 이때 자아란 확고한 실체로 주어지는 것이 아니며, 끊임없이 재구성되는 생성의 과정을 거칠 수밖에 없게 된다.

2. 허무의식과 시간

미적 모더니티의 시간의식이 인간의 의식 속에 놓인 경험과 관련되어 계속적으로 재구성되는 과정으로서 드러난다고 할 때, 이 과정이라는 것은 확고부동한 실체가 아니라 끝없이 열린 가능성으로 이어짐을 뜻한다. 따라서 생성과 과정으로서 드러나는 두 시인의 시간의식은 시적 여정을 통해 파악할 수 있다. 여정이라는 개념은 시간과 공간 속에서 가변적이고 동적인 의미를 동반하기에 두 시인의 시정신을 이해하는 적절한 개념적 도구가 된다. 이는 두 시인이 정태적으로 고착화시키는 모든 사유로부터 벗어나 있음을 의미하는 것이기도 하다.

김종삼은 1953년 시 「園丁」을 종합잡지 『신세계』에 발표함으로씨 직품 활동을 시작했고 김춘수는 1948년 시집 『구름과 장미』를 출간하면서 공식적인 활동을 시작했다. 두 시인의 문단 활동 출발시기는 대략 5년의 격차가 있으나 일제 강점과 한국전쟁이라는 시대적 동질성을 체험한 세대로서 시작 활동 초기부터 허무적인 세계인식을 짙게 드리우고 있다. 이는 두 시인의 시적 출발점이자 공통점으로 드러나며 점차 상이한 시세계로 이어지기까지 중요한 기점이 된다.

1) 김종삼의 경우

허무의식은 '무'(無)에 대한 감정, 다시 말해 '허무감'을 통해 절정에 도달하는 것으로서 더 이상 의미가 존재하지 않는 모든 곳에서 발견된다.[56] 허무주의에 관한 연구가 특히 제2차 세계대전 이후 전세계적으로 확산되었다는 사실은 전쟁으로 인해 실존적 기반이 좌초되고 의미의 근거가 사라지게 되었음을 가리킨다. 허무주의의 예언자라고 할 수 있는 니체는 모든 가치의 부재, 모든 존재의 무의미성을 시인함으로써 목적이 사라진 상태에 대해 자각했다. 그는 스스로 허무를 직시하고, 피곤에 빠지고 권태로운 인간임을 자인하면서 허무주의로 귀결되었던 것이다.

1950년대에 문단 활동을 시작한 김종삼은 초기시에서부터 허무에 대한 인식을 보여준다. 이는 전쟁에 의해 강화된 측면은 있다 하더라도 그의 기질적 특성으로서 이미 자리잡혀 있었던 것으로 이해된다.

> 옛 이야기로서 고리타분하게 엮어지는 어렸을 제 이야기이다.
> 그맘때만 되며는 까닭이라곤 없이 재미롭지도 못했고 죽고 싶기
> 만 하였다.
>
> 그 즈음에는 인간들에게는 염치라곤 없이 보이리만큼 너무 지
> 나치게 아름다움이 풍요하였던 자연을 가까이 하면 할수록 더욱
> 그러하였다.
> ―「쑥내음 속의 童話」 부분

이 시에서 과거를 회상하는 시적 화자는 생에 대한 환멸과 무가치함에 사로잡혀 있다. 그가 "어렸을" 때 들으면서 자랐던 "童話"는 "고리

---

56) Johan Goudsblom, 『니힐리즘과 문화』, 천형균 역(문학과지성사, 1988), p. 61 참고.

타분하게 엮어지는" 것이었을 뿐 아무런 즐거움도 제공해 주지 못하는 것이었다. 따라서 그는 "옛 이야기"를 들을 때만 되면 "까닭이라곤 없이 재미롭지도 못했고 죽고 싶기만 하였다". 이는 어린 시절부터 그 무엇에도 흥미를 느끼지 못했던 시적 화자의 무관심과 권태와 허무를 보여준다. 그에게 있어 이 세계는 어떠한 가치나 의미도 없으며 생기를 상실한 것이다. 그러므로 세상 만물에 호기심을 느껴야 할 어린 시절의 그는 오히려 모든 존재가 무의미해진 허무의 공간에 놓여 있다.

더욱이 화자는 자연으로부터도 단절과 소외감을 느끼는데 이는 자연의 아름다움에 비해 인간의 무가치함이 극도로 강조되어 드러나기 때문이다. 시적 화자가 느끼는 무가치함과 인간에 대한 혐오는 인간과 자연의 대립적 거리감을 강화시킨다. 따라서 화자에게 의심할 수 없는 절대적 존재나 의미란 있을 수 없으며, 이는 목적과 최고의 가치가 없다는 사실에 대한 수긍이다. 화자의 이러한 태도는 근원적으로 허무의식에 근거해 있으며 "세상을 가는 첫 출발"로서 작용한다.

생의 출발점에서부터 심리적 허무감을 드러내는 시인은 시간에 대해서도 의미의 부재를 깨닫는다. 시간이 인간에게 의미를 지닌다면 그것은 시간에 따른 변화를 인간이 의미있게 받아들이기 때문이다. 어디에도 무 이외에 아무것도 없다는 의식은 시간이 흐름을 인정하지 않고 시간이 정지되어 있다고 여기게 된다. 이는 모든 의미의 근거가 상실된 다음과 같은 시에서 결정적으로 표현된다.

分娩되는
뜨짓한 두려움에서

永劫의 현재 라는
內部가 비인

하늘이 가는
납덩어리들의……

있다는 神의 墨守는 차츰 어긋나기 시
작
하였다.

—「擬音의 傳統」 부분

　분명한 의미를 짚어내기 어려워 보이는 이 시에서 주목할 만한 시어
들은 "永劫의 현재"와 "內部가 비인" 그리고 "神의 墨守"이다. 시적 화
자에게 현재라는 시간은 텅 빈 부재의 것이며 거의 정지해 있다시피 한
것이다. "뜨짓한"은 김종삼 시에서 자주 나오는 표현으로서 '느릿느릿
한, 나지막한'의 뜻을 지닌다.[57] 무엇에 대한 두려움인지 명확히 나타나
있지는 않지만 화자는 그 두려움이 느리게 분만되는 것, 따라서 시간이
흘러도 조금도 줄어들지 않는 고통임을 암시하고 있다. 현재가 의미 없
이 부재의 것으로 파악된 이유는 시간이 고통으로만 채워져 있어 의미
의 흐름이 정지한 상태와 마찬가지이기 때문이다. 의미의 정지는 곧 미
래가 없는 삶을 뜻한다. 그러한 현재가 "永劫"의 시간으로 표현된 것을
보면 고통 속에 함몰된 상태가 영원히 지속된다는 비관적 인식이 지배
적임을 알 수 있다. 이러한 시간에 대한 인식은 그의 시적 여정을 통해
중요한 메시지로 반복되어 나타난다.
　현재의 시간이 의미 없는 것이라는 시적 자각은 다음 연에서 "神의
墨守"로 이어진다. 신의 침묵 자체는 신이 존재한다는 사실을 뒤흔들지
는 못하지만, 그 침묵이 "차츰 어긋나기 시/ 작"했다는 구절 속에는 현
재의 고통 가운데 빠진 화자와 신 사이의 간격이 조금씩 벌어지기 시작

---

57) 김재홍 편저, 『한국 현대시 시어 사전』(고려대출판부, 1997), p. 344 참고.

했다는 절망감이 포함되어 있다. 이러한 사실은 신이 부재하는 것이나 다를 바가 없는 것으로서, 신이 "있다"고는 했으나 실상은 아무 의미가 없는 것임을 보여준다. 가장 근원적 의미인 신마저 부재한다는 시적 인식은 종래의 모든 가치로부터 벗어나서 새로운 가치를 스스로 창조하려는 적극적 허무주의의 태도로 이어진다.[58] 이러한 허무주의적인 태도는 시간의식의 개념 안에서 이해할 수 있는데, 허무주의의 적극적인 측면은 새로운 시대를 지향하며 새로운 삶의 질서를 정립하려는 것이기 때문이다. 그리하여 시간의 흐름 속에서나 가장 근원적 의미인 신의 존재에 대해서도 무의미를 발견하는 시인은 결국 살아있는 한, 무에 대한 감정을 극복해야 한다는 구체적인 생의 문제에 부딪히게 된다. 허무적 자각 속에서도 인간은 자신이 살아 있다는 사실에 대해서만큼은 부인할 수가 없으며 생이야말로 유일한 문제 해결의 실마리가 되기 때문이다. 이런 까닭에 시간적으로 유한한 인간의 실존적 한계의 극점인 죽음은 절대적 두려움으로 다가올 수밖에 없다.

따라서 이때 시인이 새롭게 정립하고자 하는 문제는 죽음을 향해 집중된다. 죽음이라는 근본 한계는 특히 한국전쟁 체험이라는 조건 아래 생의 문제로 표면화되는데, 시인이 죽음의 문제로 괴로워하기 시작한 것은 그의 시편 도처에 드러나 있다.

---

58) 존재가 완전히 무의미해지고 허무의 공간 속에 놓이게 된다면 그 앞에서 모든 법칙이 사라지게 되고 존재의 탐색은 불가능해지게 되므로, 니체는 이러한 모순을 해결하기 위해 허무주의를 두 가지로 구분한다. 첫째는 소극적 허무주의 또는 염세주의적인 허무주의이다. 이러한 허무주의는 현실을 가상으로 생각하고 삶을 살 만한 가치가 없는 것으로 부정한다. 둘째는 적극적 허무주의로서 지금까지 가정되어 온 모든 절대적인 것의 배후에는 무가 숨어 있다는 인식과 더불어 이러한 확신을 근거로 종래의 모든 가치를 무로 돌리려 한다. 이는 모든 가치로부터 자유로워져서 새로운 가치를 창조하려 하기 때문에 허무주의의 극복을 제시한다는 적극적인 면모를 지닌다. 강대석, 『니체와 현대철학』(한길사, 1986), pp. 68-69 참고.

병막에 가 있던
개똥이는 머리위에
불개미알만이 씰고 어지롭다고
갔읍니다.

소매가 짧았읍니다.
산당 꼭대기
해가 구물구물하다
보며는

웃도리가 가지런한
소나무 하나가
깡충 합니다.

　[중략]

　　　2

새끼줄 치고
소독약 뿌리고
집을 나왔읍니다.

해가 남아 있는 동안은
조곰이라도 더 가야겠읍니다
엄지발톱이 돌부리에 채이어
앉아볼 자리마다 흠이 잡히어
도라다니다가 말았읍니다.

　　　　　　　　　　　　　―「개똥이」 부분

위 시의 부제가 '일곱 살 되던 해의 개똥이의 이름'이라고 되어 있는 것으로 보아 개똥이는 시적 화자의 유년 시절 친구임을 짐작해 볼 수 있다. 화자의 친구가 가 있던 "병막"은 군인들이 주둔하는 막사, 또는 전염병 환자를 격리시켜 수용하는 곳으로 해석된다. 이 시가 김광림, 전봉건과 함께 묶은 3인 시집 『전쟁과 음악과 희망과』(1957)에 수록되어 있었다는 사실을 고려한다면 전쟁이든지 전염병이든지 간에 죽음에 쉽게 노출되어 있었던 1950년대를 배경으로 하고 있음을 알게 된다. 개똥이는 불개미알이 슨 것같이 머리가 아픈 병에 걸려 일찍 죽었는데, 짧은 "소매", 키가 작은 데 비해 줄기가 길쭉한 "소나무 하나", 고개를 까닥거리는 "꿩 한 마리" 등은 모두 단명한 친구 개똥이를 형상화한 것이다. 이들이 모두 일찍 죽는 것을 피하기 위해 이름붙여진 "개똥이"에게 수렴된다는 사실은 인간의 노력과 의지로 죽음을 피할 수 없다는 아이러니를 강화시킨다.

시적 화자는 전염병을 막기 위해 "새끼줄 치고/ 소독약 뿌리고/ 집을 나"오지만 이것이 근본적으로 죽음에게 새끼줄을 치거나 소독약을 뿌리는 행위는 될 수 없음을 알고 있다. 그러기에 해질녘 눈앞에 떠오르는 "작은 무덤"을 보면서 죽음에 대해 무기력한 "나는/ 울고만 있"을 수밖에 없다. 그럼에도 불구하고 화자인 나는 "해가 남아 있는 동안은/ 조곰이라도 더 가야겠읍니다"라고 말하고 있다. 이는 인간에게 죽음이 있다 하더라도 삶이 계속되는 동안은 생의 문제를 껴안고 살아가야 함을 받아들이는 태도이다. 허무주의의 관점에서 본다면 모든 변화가 무의미한 것이므로 죽음마저도 무의미한 것이 되겠지만, 이처럼 친구의 죽음에 슬픔을 드러내고 인간의 유한함에 주목하는 태도는 이미 살아 있는 한 허무주의를 극복해야 하는 필연성을 승인하는 것이 된다. 시인이 허무의식을 자각함으로써 시적 여정에서 죽음을 새롭게 정립하게 되는 것은 이러한 이유 때문이다. 시간이 죽음을 잉태하는 것으로서 간주된다 하더라도 그 죽음이 자신의 문제로 다가오는 한, 이것은 또한 자아 정립의 문제로 이어지게 된다. 김종삼이 이러한 문제에 계속해서 직면해 나가는 과정은 이 시에서 "엄지발톱이 돌부리에 채이"고 "앉아 볼 자리마다 흠이 잡"히는 육체적 시달림과 불화의식으로 이미 예견되어 있다.

2) 김춘수의 경우

김춘수는 첫시집에서 『부다페스트에서의 少女의 죽음』에 이르기까지 무의미시로 전환하기 이전의 작품들을 통해 자연물이나 인간이 모두 슬픔과 울음을 공유하고 있다는 자각을 보여준다. 아무것도 아닌 사물들이 "꽃인 듯 눈물인 듯 이야기인 듯"(「西風賦」) 세계를 울려 놓고 지나가고 있다는 인식이나 천년만년의 시간 속에 늪, 들판, 바람, 갈대, 사람들이 슬픔에 부대끼는 눈물겨운 모습59)을 이 시기 그의 시에서 찾기란 어려운 일이 아니다. 이때 시적 화자가 느끼는 슬픔은 시적 대상인 사물을 통해 감지되는 존재에 대한 근원적 감정이라고 할 수 있다. 존재는 유한한 '있음'일 뿐이며 이 일시적인 존재는 세계 내부에 처해진 한계를 노출한다. 있음이란 없음을 잠재적으로 거느리고 있고 소멸을 운명으로 삼고 있기 때문이다.

가을 碧空에
碧空을 머금고 익어 가는 능금

---

59) 김춘수는 자연물 속에 깃든 존재의 일시성에 동화되어 소멸해 가는 것들의 운명에 대한 슬픔을 여러 시에서 드러내고 있다. 이러한 정서적 경사는 「風景」, 「밤의 詩」, 「늪」, 「不在」, 「갈대 섰는 風景」, 「湖」, 「갈대」 등에서 대표적으로 나타난다.

능금을 위하여 무수한 꽃들도
흙으로 갔다

너도 차고 능금도 차다
모든 죽어 가는 것들의 눈은
유리같이 차다

가 버린 그들을 위하여
돌의 볼에 볼을 대고
누가 울 것인가

—「죽어 가는 것들」 부분

　한 유실수가 열매를 맺기 위해서는 "무수한 꽃들"이 "흙으로" 떨어져 죽어야 하는 것처럼 한 인간의 존재를 위하여서는 언젠가 "피 흘린/그 사람들"이 있었음이 분명하다. 모든 존재들은 서로 다른 존재들을 위해 죽고 이러한 행위는 계속 이어져갈 것이므로 이 세계는 다른 존재들의 죽음으로 유지되고 있다고 볼 수 있다. 이 죽음의 고리에서는 어느 것도 벗어날 수가 없으므로 시에서와 같이 "너도" "능금도" 차갑게 죽어가는 눈동자를 하고 있다. 모든 것들이 소멸의 연쇄에 물려 있어서 끝없이 죽어가고 사라신다면 "가 버린 그들을 위하여" 울어줄 자도 없다는 엄정한 사실에 대해서는 어떻게 반응해야 할 것인가. 시적 화자는 죽음이라는 냉정하고 견고한 현실을 피할 수 없음을 "돌"로 표상하면서 "모든 죽어 가는 것들"을 위해 울어줄 자마저 소멸할 것이라는 허무한 사실을 강조한다.

　이와 같이 시적 화자에게 세계는 덧없는 만물의 유전을 통해 지속되며 물질 세계에 있어 시간은 부단한 소멸이자 부재로 파악된다. 이에 반해, 생명이나 인간의 의식은 시간을 자기 내부에 보존함으로써 물질

54

적 시간성의 덧없음을 극복하는 힘을 지닌다.[60] 그런데 이 시에서 화자
는 "모든 죽어 가는 것들"의 범주에 인간도 포함된다는 사실에 주목할
뿐, 인간 주체의 의식이 물질적 시간의 무상함을 극복한다는 사실에 대
해서는 관심을 두지 않는다. 이는 시인이 이 시기의 시에서 "자아와 세
계, 주체와 객체 사이의 완벽한 합일을 형상화"[61]하고 있기 때문에 물
질적 측면의 시간성을 의식 내부에까지 전개시킨 결과라고 이해할 수
있다. 그리하여 시인은 소멸해 가는 존재들에 대한 근원적인 슬픔 속에
서 어떤 행위도 무의미할 뿐이라는 감각을 보여준다. 이는 시간성을 의
미 없는 것으로 파악하는 허무적 태도로서 드러난다.

어쩌다 바람이라도 와 흔들면
울타리는
슬픈 소리로 울었다.

맨드라미, 나팔꽃, 봉숭아 같은 것
철마다 피곤
소리없이 져 버렸다.

차운 한겨울에도
외롭게 햇살은
靑石 섬돌 위에서
낮잠을 졸다 갔다.

할일없이 歲月은 흘러만 가고
꿈결같이 사람들은

60) 김진성, 『베르그송 연구』(문학과지성사, 1990), p. 165 참고.
61) 남기혁, 「김춘수 전기시의 자아 인식과 미적 근대성」, 『한국시학연구』 제1
호(시와시학사, 1998), p. 68.

살다 죽었다.

—「不在」 전문

　존재가 지니고 있는 어떤 특성이나 행위, 또는 시간과의 관계 속에서 일어나는 어떤 현상조차도 슬픈 울음, 적막한 소멸, 일시적 가치일 따름이라는 허무감이 이 시의 지배적 정조로 드러나고 있다. 시적 화자에게는 어떤 존재도 무상한 것이며, 무엇보다도 "사람들은" "꿈결같이" 존재함으로써 현실적 가치를 상실한다. 이 시의 제목이 "不在"라는 사실은 이러한 허무의식 아래 인간을 포함한 기존의 모든 존재가 부정되고 있음을 암묵적으로 지시한다. 존재가 부정되는 데는 시간에 대한 인식이 중요한 역할을 하는데, "할일없이 歲月은 흘러만 가고"라는 표현에서 시간의 헛됨이 드러난다. 즉, 존재와 소멸의 반복이 세계의 유한성을 변화시키지 못하는 헛수고에 불과하다는 인식이 배어 있는 것이다. 시간성은 인간의 의식을 떠나서는 이해될 수 없는 존재의 표상이므로 그 무가치함이란 곧 존재의 무가치함을 의미한다고 볼 수 있다. 이와 같이 시간성을 부정함으로써 존재를 부정하는 시적 화자의 태도는 허무의식과 깊은 관련이 있다. 허무의식은 모든 가치의 부재이고 모든 존재의 무의미성에 대한 자인이기 때문이다. 기존의 존재와 시간성을 부정하는 허무적 인식은 김춘수의 시적 모색에 있어 획기적인 동인으로서, 새로운 존재 가치와 시간성에 대한 추구로 확장될 가능성을 마련한다.

　시인이 존재와 결부된 시간성을 부정하는 허무적 태도를 취하게 된 원인은 세계와의 관계에서 인지한 불완전함 때문이라고 볼 수 있다. 그는 개인 체험에서 강화된 자의식을 통해 다른 존재들과의 헛된 관계를 벗어버린 뒤의 절박함을 다음과 같이 고백하고 있다.

그러나
그들의 몸짓과 그들의 음성과
그들의 모든 無垢의 거짓이 떠난 다음의
나의 외로움을
나는 알고 있읍니다

水晶알처럼 透明한
純粹해진 나에게의 恐怖를
나는 알고 있읍니다

내가 죽어가는 그들을 위하여
무수한 宇宙 곁에
또 하나의 宇宙를 세우는 까닭이
여기에 있읍니다
　　　　　　──「無垢한 그들의 죽음과 나의 孤獨」 부분

　　시적 화자인 "나"는 더불어 존재하던 사람들이 "떠난 다음의" "외로
움"에 관해 진술하고 있다. "나"는 "그들의 몸짓과 그들의 음성과/ 그
들의 모든 無垢"함을 경험하면서 순진하고 꾸밈이 없는 관계를 지속했
으므로 그들이 없는 상태의 외로움을 절박하게 느낀다. 이 외로움은
"나에게 恐怖를" 불러일으키는 것이지만 동시에 "水晶알처럼 透明한/
純粹"에 이르는 통로이기도 하다. 완전히 투명한 자아에 이르게 될수록
그 내면을 들여다보는 화자는 더욱 엄격해져서 스스로를 응시하는 것이
두려워질 수밖에 없을 지경이 된다. 이러한 자의식의 시선은 때묻지 않
은 그들에게서조차 "거짓"을 발견하게 하므로, 시적 화자를 더욱더 외
롭게 남겨 둔다. 따라서 화자는 이 고독과 엄격한 자의식을 견디기 위
해 "죽어가는 그들을 위하여/ 무수한 宇宙 곁에/ 또 하나의 宇宙를
세"운다. 이 "宇宙"는 타인들과 거짓과 위선, 즉 불완전한 모든 존재가

드나들 수 없는 시적 화자의 세계이며 "純粹해진" 화자 자신 이외의 다른 아무것도 존재할 수 없는 세계이다. 이 완전한 세계의 외로움은 스스로 선택한 것으로서, 순수하게 정화되지 못한 헛된 존재들과 단절하려는 의도에서 말미암는다.

이때 시적 화자가 건축하는 "우주"는 "죽어가는 그들"의 유한하고 거짓이 섞인 세계와 달리 영원하고 완전한 순수를 지향하는 세계로서, 상호 대립적으로 나타난다는 사실에 주목할 필요가 있다. 이 시에서는 "나"와 죽어가는 그들, "나"의 고독과 그들의 집단성, 극도로 투명해진 "나"와 거짓에 물든 그들이 뚜렷이 대비되어 있다. 시적 화자는 그들 곁에 자신의 세계를 건립하는데 이는 자신의 고독과 공포를 위한 것이며, 소멸해 가는 그들의 허무함을 보상하기 위해 지탱해야만 하는 세계이다. 여기에서 "우주"가 시적 화자 혼자만을 위한 것이 아니라 시간 속에서 사라져가는 "그들"을 위한 것이라는 사실에는 의미심장한 데가 있다. 시적 화자는 모든 존재의 덧없음과 허무를 직시하면서 그 현실적인 절망을 견디기 위해 존재들에게서 벗어나 영원을 추구하는 것이다. 이는 의미 없는 시간 속에 놓인 존재들에게서 이탈하는 것인 동시에 허무한 존재들을 위한 행위이기도 하다. 시간과 존재의 무가치함에 시달리는 모든 것들에게는 영원이라는 마지막 보루가 있어야만 하기 때문이다. 이처럼 존재의 허무함을 직시하는 것은 시적 화자에게는 영원성을 갈망하는 것이 된다.

다시 말해, 시적 화자는 세계와의 관계에서 불완전함을 자각함으로써 존재와 맞물린 시간을 무가치한 것으로 인식하지만 그 허무에 직면하여 새로운 영원을 구축한다. 이는 시인에게 있어 현실적인 절망의 견딤으로서의 시쓰기로 드러나기 때문에 존재론적 모색과 연결되며 "완전을 꿈꾸고 영원을 꿈꾸고, 불완전과 역사를 무시해"[62] 버리는 시적 행보로 이어진다. 따라서 소멸을 운명으로 받아들일 수밖에 없는 존재와 시간

의 허무에 대한 자각을 거치면서 시인은 객관적 시간에서 비롯되는 헛
됨과 무가치함을 극복하기 위한 적극적 방식을 보여준다. 시인에게 무
가치한 객관적 시간이란 다음 시에서 구체화되어 있다.

音樂에도 없고 世界地圖에도 이름이 없는
漢江의 모래沙場의 말없는 모래알을 움켜 쥐고
왜 열 세 살 난 韓國의 少女는 영문도 모르고 죽어 갔을까,
죽어 갔을까, 惡魔는 등 뒤에서 웃고 있었는데
열 세 살 난 韓國의 少女는
잡히는 것 아무 것도 없는
두 손을 虛空에 저으며 죽어 갔을까,
부다페스트의 少女여, 네가 한 行動은
네 혼자 한 것 같지가 않다.
漢江에서의 少女의 죽음도
同胞의 가슴에는 짙은 빛깔의 아픔으로 젖어든다.
記憶의 憤한 江물은 오늘도 내일도
同胞의 눈시울에 흐를 것인가,
흐를 것인가, 英雄들은 쓰러지고 두 달의 抗爭 끝에
너를 겨눈 같은 銃뿌리 앞에
네 아저씨와 네 오빠가 무릎을 꾼 지금,
人類의 良心에서 흐를 것인가,
마음 弱한 베드로가 닭 울기 前 세 번이나 否認한 지금,
다늅江에 살얼음이 지는 東歐의 첫겨울
街路樹 잎이 하나 둘 떨어져 딩구는 黃昏 무렵
느닷없이 날아온 數發의 쏘련製 彈丸은
땅바닥에

---

62) 김춘수, 「도피의 결백성」, 『김춘수전집2·시론』(문장, 1984), p. 355.
앞으로 김춘수의 시론을 이 책에서 인용하거나 참고할 경우, 따로 표시하
지 않고 괄호 안에 권수와 쪽수를 밝혀 각주를 대신한다.

쥐새끼보다도 초라한 모양으로 너를 쓰러뜨렸다.
　　　　　　　　　―「부다페스트에서의 *少女*의 죽음」 부분

　시인이 이탈하고자 했던 불완전한 세계의 실상을 사실적으로 잘 보여
주는 위 시는 역사의 폭력성에 희생된 "부다페스트"의 소녀와 한국전쟁
때 죽어간 "열 세 살 난 韓國의 少女"의 처참한 죽음을 중첩시키고 있
다. 전쟁과 역사의 대가였다고 하기에는 어린 소녀의 죽음으로 치러진
값은 지나친 것이었다고 할 수 있다. 역사의 흐름과는 무관하고 이름도
없이 죽어간 소녀 앞에서 "同胞의 가슴"이 깊은 아픔으로 물드는 까닭
은 이 때문이다. 더욱이 이 소녀는 자신의 죽음에 대해 누구도 설명해
줄 수 없었기에 "말없는 모래알을 움켜 쥐고" 영문도 모른 채 죽어갔
다. 이는 "잡히는 것 아무 것도 없는/ 두 손을 虛空에 저으며"라는 구
절에서 드러나는 바와 같이 소녀에게 폭력을 가한 역사가 아무런 실체
없는 가상임을 증거한다. 죽어가는 소녀의 "등 뒤에서 웃고 있"는 "惡
魔"란 이처럼 실체 없는 역사의 허구성을 가리키는 것이다. 역사적 사
건이 아무런 의미를 지니지 못한다는 사실은 소녀의 죽음이 불러일으킨
"人類의 良心"이 "오늘도 내일도/ 同胞의 눈시울에" 계속해서 흐르지
못할 것이라는 회의적인 물음 앞에 더욱 강화된다. 죄 없는 어린 소녀
의 죽음이 인류의 양심에 엄중한 경고로 언제까지나 살아남는다면 그
자체가 역사에 던지는 의미나마 지속될 수 있을 것이다. 그러나 시적
화자는 그러한 일말의 의미조차도 역사를 통해서는 지속될 수가 없음을
냉정히 목도한다. 그러기에 소녀의 죽음은 한갓 "쥐새끼보다도 초라한
모양"으로 형상화되어 있다. 역사가 단순하게 주어진 역사적 사건을 넘
어서서 일정한 초월적인 목적을 갖게 됨으로써만 의미를 지니게 된다
하더라도 역사적 사실을 넘어설 만한 의미조차 없는 상태에서는 역사는
무가치한 것이 될 수밖에 없다. 따라서 시인의 역사허무주의[63]는 이러

한 시적 인식에 자리잡고 있는 것이다.

위 시는 시인이 세 번 정도의 개작 과정을 거치면서 고치고 생략한 부분이 있어 시인의 심정을 어느 정도 유추하는 데 도움이 된다. 인용한 구절의 "마음 弱한 베드로가 닭 울기 前 세 번이나 否認한 지금."이라는 행에 이어 처음 발표당시에는 "十字架에 못박힌 한 사람은/ 不眠의 밤, 왜 모든 記憶을 나에게 强要 하는가."라는 구절이 삽입되어 있었다.64) 예수는 역사적 사건 속에 존재한 인물로서 십자가 형벌을 통해 인류의 역사를 구원하는데, 베드로는 예수의 수제자로서 스승이 사로잡히던 날 밤에 예수를 모른다고 세 번 부인하게 된다. 이때 베드로가 부인한 것은 스승뿐만 아니라 스승이 짊어지고 있는 역사의 목적이라는 짐마저도 포함한 것이었다. 따라서 시적 화자는 이 사건을 가져옴으로써 "지금"은 베드로 이후 역사의 의미가 송두리째 부인된 시대임을 밝히고 있다. 화자는 생략된 시구에서 예수가 자신에게 강요하는 것이 곧 역사의 의미임을 암시하고 있으며, 이는 역사라는 실체 없는 폭력성에 주목한 화자에게 "不眠"의 억압이 되었던 것이다.

이때 시적 화자는 결국 허무주의적 인식에 기반하여 모든 가치와 편견에서 벗어나 역사의 무의미함 쪽으로 발길을 옮기게 된다. 그리하여 김춘수는 시인으로서의 적극적 허무주의를 실현해 나가는 과정 속에서 현실적이고 객관적인 시간을 부정하고 그 시간에 결부된 존재를 재구성해 나가는 독자적인 여정을 전개해 나간다. 이는 허무에 직면함으로써

---

63) 김춘수, 「장편 연작시 「處容斷章」 시말서」, 『김춘수시전집』(민음사, 1994), p. 524 참고.

64) 김춘수, 『김춘수전집1·시』(문장, 1986), p. 129.
   이 전집에는 시 「부다페스트에서의 少女의 죽음」의 한 구절인 "……세 번이나 否認한 지금."과 "다늅江에 살얼음이 지는……" 사이에 생략된 구절 26행이 수록되어 있다.

만 허무를 극복하고 영원에 도달하고자 하는 간절한 의지로 표현되며, 모든 존재와 더불어 덧없음에 이끌려 가는 자신의 정체성을 형성하기 위한 도정으로서 드러난다.

살펴본 바와 같이 두 시인은 고통 속에 함몰된 시간에 대한 절망과 존재 일반의 무상함, 불완전함을 자각함으로써 세계에 대한 허무적 관점을 드러낸다. 이때 허무의식을 극복하고자 하는 시적 자아의 고민은 주체의 재정립 문제로 이어짐을 알 수 있다. 허무주의란 무엇보다 지고의 여러 가치가 부정되고 무의미해지는 것, 목표의 결여, '왜'와 '무엇 때문에'라는 물음에 대한 대답의 부재이기 때문이다. 따라서 허무주의의 의미는 아직, 언제나 결정되지 않았다는 것이 가장 올바른 통찰일 것이다.65)

이러한 문제의식을 이해한다면 어째서 두 시인이 모더니즘의 방향으로 나아갈 수밖에 없었는지 수긍하게 된다. 예술에 있어서 모더니즘은 비교적 짧은 역사를 통하여 여러 형태로 탈바꿈해 왔으며 우리가 살고 있는 세계는 곧 '나'의 세계라는 신념 아래 형성되어 왔다. 주체의 문제에 집중하면서 실존주의적 세계관에 뿌리내리고 있는 모더니즘은 근본적으로 기존의 가치와 의미를 부정하는 허무적 관점에서 창조된 미적 대응이다. 문학에 있어서 모더니즘은 끝없는 자기 형성으로 드러나며 절대적으로 고정된 형태를 취하지 않는다. 따라서 두 시인이 허무의식을 통과하여 새로운 가치와 이상을 창조하고자 할 때, 그러한 자기 주체의 형성 과정은 모더니즘이라는 미적 형태로 나타나게 된다. 두 시인의 모더니즘적 태도는 계속적인 형성을 통해 파악될 수 있으며, 이는 그들이 모더니즘의 근본 문제의식으로서 미적 모더니티 사유 방식에 내재한 시간의식을 포착했다는 사실을 뒷받침한다. 그러기에 두 시인의

65) 김재인, 「문제는 니힐리즘이다」, 『세계의 문학』(1999, 가을), pp. 190-207 참고.

허무의식은 새로운 시적 여정으로 나아가기 위한 근본 출발점이 되고
시세계는 단순한 도식화를 넘어서 형성되는 것이다.

Ⅲ. 죽음과 자아정립의 시간

    김종삼은 세계에 대한 허무적 자각을 출발점으로 하여 시간 속에 배태되어 있는 죽음의 문제에 부딪치는 까닭에 근본적으로 시간은 무와 죽음을 낳게 된다는 의식을 드러낸다. 모든 인간은 죽음에 의해 생의 가능성이 무너짐을 경험한다. 인간에게 있어 죽음이란 그 실존의 허위적인 현상이 소멸되면서 현존재가 직면하게 되는 필연성이다.[66] 그러나 이러한 필연성은 객관적인 사실로서만 보편적일 뿐 직접 죽음에 대면하는 인간 개개인에게 객관적으로 이해될 수 있는 것은 아니다. 죽음의 극복은 보편적인 이해나 망각에 의해서가 아니라, 죽음을 확실한 것으로 깨닫는 자기 현현을 통해서만 가능하다.

    김종삼은 그의 기질적 조건과 1950년대 사회적 여건 아래에서 죽음에 대한 관념을 세계관으로 수용했다고 할 수 있다. 그에게 있어 세계는 죽음과 더불어 다가오는 것이므로 시간은 중립적인 것이라기보다 고통과 불안의 근원이자 절망을 가져오는 원인이 된다. 김종삼의 시세계는 자신의 죽음과 타인의 죽음으로 점철되어 있는데 이는 시인이 언제나 죽음을 자신의 것으로 여기고 계속적으로 재인식해 나갔음을 증명한다. 죽음을 막연한 미래의 일회적 사건으로 간주하지 않고 매순간 새롭게 자각하고 있다는 것은 죽음에 대한 미적 모더니티 의식이라고 해석된다. 모더니티란 반복될 수 없는 시간의식의 한 국면이며 현재에 대한 끝없는 재정의이기 때문이다. 따라서 김종삼의 죽음에 대한 관념은 현재성 속에서의 인식과 극복의 과정을 거친다. 이러한 과정은 존재가 겪

---

66) Karl Jaspers, 「죽음」, 정동호・이인석・김광윤 공역, 『죽음의 철학』(청람 문화사, 1987), p. 64 참고.

는 생생한 경험과 더불어 이루어지며, 이때 경험은 고정적이고 독립적
인 것이 아니라 유동적인 성격을 띤다. 경험은 내면적 반향을 불러일으
키며 존재를 변형시키고 존재 속에 계속 살아있기 때문이다.[67] 따라서
본 장에서는 김종삼이 죽음과 자아에 대한 정립의 과정을 수행해 나가
는 데 있어서 중심축이 되는 시간의식의 특성을 파악하기로 한다.

1. 세속적 시간과 신성한 시간

1) 세속적 시간의 영속성

김종삼의 시세계에는 죽음을 삶 그 자체로 수용하는 자의 고독과 죽
음에서 비롯되는 시간의 속성이 드러나 있다. 김종삼 시의 화자는 시간
을 세속적인 것으로 인지하는데, 그 원인은 죽음의 폭력성과 고통 때문
이다. 이러한 시간의식은 고통 속에 함몰된 자아의 절망을 반영한다. 그
는 죽음이 삶의 능숙한 동반자라는 사실을 인정하면서부터 죽음의 고통
으로 수렴되는 문제의식을 견지하였다. 죽음과 더불어 인간과 세계의
관계가 단절된다고 할 때 인간에게 죽음은 결정적인 한계상황에 해당한
다. 이 극한적인 현상은 간접적으로는 타인의 죽음이라는 사건을 통해
경험되는데, 이는 인간이 자신의 죽음은 경험하고 반성할 수가 없기 때
문이다. 김종삼 역시 타인의 죽음을 경험하면서 자신의 죽음의 전(前)
단계를 맞이한다. 이로써 타인의 죽음은 시인의 의식에 내면화되며, 주
체적이고 주관적인 의미를 형성한다. 죽음에 대한 이해가 근본적으로

---

67) 김형효, 『가브리엘 마르셀의 구체철학과 여정의 형이상학』(인간사랑,
1990), p. 59 참고.

자신의 것으로 받아들여지지 않는다면 시인의 허무주의적 출발점은 어떠한 방향도 노정할 수가 없을 것이다. 죽음에 대해 집중한다는 것은 허무의식을 종착역으로 삼지 않고 결국에는 죽음을 극복하는 데로 나아가야 함을 의미하기 때문이다. 이는 먼저 시인이 타인의 죽음을 포함한 모든 죽음을 주체적으로 수용하는 태도에서 비롯된다.

> 마지막 담머서 총맞은 족제비가 빠르다.
> 〈집과 마당이 띠엄띠엄, 다듬이 소리가 나던 洞口〉
> 하늘은 바른 마음을 가진 사람들이 있다고 대낮을 펴고 있었다.
>
> 군데군데 잿더미는 아무렇지도 않았다.
> 못 볼 것을 본 어린것의 손목을 잡고
> 섰던 할머니의 황혼마저 학살되었던
> 僻地이다.
> 그 곳은 아직까지 빈사의 독수리가 그칠 사이 없이 선회하
> 고 있었다.
> 원한이 뼈무더기로 쌓인 고혼의 이름들과 神의 이름을 빌려
> 號哭하는 것은 〈洞天江〉邊의 갈대뿐인가.
> ──「어둠 속에서 온 소리」 전문

이 시에는 죽음을 바라보는 한 시선이 드러나 있다. 시적 화자는 대량 학살이 자행된 어느 벽지의 참혹한 풍경을 관찰자의 입장에서 엄정하게 보여준다. 죽음에 대한 관찰은 시적 화자가 타인들의 죽음을 주제로 삼음으로써 죽음의 구체성을 확보하기 시작했음을 뜻한다. 세계라는 상황 속에 살고 있는 개인에게 타인은 실존적으로나 사회학적으로 지극히 다양한 정도와 관점에서 중요한 의미를 지닌다. 더욱이 죽음 자체와 타인의 죽음 및 자기 자신의 죽음은 서로의 상관 관계 속에서 중재될 수 있으며, 죽음의 관찰은 현실적인 죽음의 경험이 된다. 이러한 관찰은

자기 자신의 죽음의 가능성으로 연결되기 때문에 시적 화자의 관찰자적 시선은 자신의 죽음을 또한 겨냥한다.

위 시의 장면이 전쟁의 폐허를 묘사하고 있다는 사실은 연기가 피어 오르는 "잿더미", "바른 마음을 가진 사람들"과 "어린것의 손목을 잡고 / 섰던 할머니"마저 무차별하게 "학살되었"다는 표현을 통해 알 수 있다. 전쟁은 무고한 민간인 사상자를 낼 뿐만 아니라 예기치 못한 충돌과 파괴의 현장이다. 사회적 약자인 어린아이와 할머니의 죽음을 비롯한 선량한 사람들의 죽음에도 불구하고 세상사는 "아무렇지도 않"게 무심히 지속된다. 여기에서 시적 화자가 부각시키고자 한 죽음에 대한 관점이 포착된다고 볼 수 있다. 즉, 전쟁이라는 물리적 악은 도덕적 악과 필연적인 관계를 맺고 있지 않으며, 죽음이라는 물리적 고통은 인간이 아는 한, 죄에 대한 결과로 수반되는 것이 아니라는 사실이다. 이 세계 안에는 어떠한 방식으로도 정당화될 수 없는 악이 존재한다. 따라서 도덕적 악이나 물리적 악은 어떤 목적을 구현하기 위한 수단이 아니라 그 자체로서는 현실적이면서 무의미한 것일 따름이다. 만일 물리적 고통과 악이 신의 심판의 도구라면 그것은 부분적으로 합목적성과 의미를 지녀야만 할 것이다.[68]

죽음의 침묵성을 보여주고 있는 이 시가 증언하는 바와 같이 현실의 사건은 "원한이 뼈무더기로 쌓인" 외로운 영혼들과 애통하는 "갈대"들만을 남겨둔다. 이는 한편으로는 사건 자체가 아니라 인간 자신만이 물리적 악의 폭력성을 의미화할 적극적인 주체임을 강조하는 것이기도 하다. 이때 전쟁으로 인해 죽어간 민간인들의 시신 위로 "아직까지 빈사의 독수리가 그칠 사이 없이 선회하고 있었다"라는 표현은 그 의미의 현재적 성격을 상기시켜 준다. 시적 화자가 전쟁의 참상을 목격한 것은

---

68) 강영안, 「악에 대한 형이상학적 성찰」, 한국정신문화연구원 편, 『악이란 무엇인가』(도서출판 창, 1992), pp. 46-47 참고.

분명 과거의 사실이지만, 그러한 역사의 잔혹성은 의식 속에서 여전히
재구성되고 있는 것이다. 그리하여 타인의 죽음을 통해 자신의 죽음을
"그칠 사이 없이" 인식하는 시적 화자는 시간상의 한 점인 무 앞에 계
속적으로 대면하게 된다. 이로써 시인은 타인의 죽음을 통해 언제나 현
재화되는 죽음의 공포를 맞이하며 소멸되어가는 자신의 실상을 감수한
다. 이처럼 죽음과의 관계에 현재라는 시간이 개입함으로써 매순간 죽
음의 현실화를 목전에 둔 자아는 기본적으로 실존적 입장을 취하게 된
다. 또한 죽음의 계속성과 타인의 죽음에 대한 관심은 시인이 죽음의
전체적인 문제를 파악하는 데 있어 앞으로 나아갈 방향을 암시해 주는
것으로 볼 수 있다.

　　김종삼이 죽음을 인식하는 데 있어서 끊임없는 현재적 각성을 보여주
는 경우는 다음 시에서도 발견된다. 시인이 어떤 특별한 주제에 얽매이는
것은 그의 내적 동기와 의지를 설명해 준다. 시인은 실제의 사건에 속하
는 것이 아니라 사건이 가리키는 어떤 의미에 속해 있기 때문에 시에서
반복되고 확장되는 표현은 자신의 내면적 필연성을 입증하는 것이다.

　　　미풍이 일고 있었다
　　　덜커덕거리며 선회하고 있었다
　　　噴水의 石材 둘레를 間隔들의 두 발 묶인 검은 標本들이

　　　옷을 벗은 여자들이 벤치에 앉아 있었다
　　　한 여자의 눈은 擴大되어 가고 있었다

　　　입과 팔이 없는 검은 標本들이 기인 둘레를 덜커덕거리며 선
　　회하고 있었다
　　　半世紀가 지난 아우슈비치 收容所의 한 部分을 차지한

　　　　　　　　　　　　　　　　　　　　　　　　—「地帶」 전문

68

대단히 그로테스크한 모습으로 드러나 있는 이 정경은 제2차 세계대
전이 일어난 뒤 독일이 동부 폴란드에 설치했던 유태인 강제수용소 아
우슈비츠(Auschwitz)를 배경으로 삼고 있다. 아우슈비츠는 가스로 수
용자들을 처형하는 데 사용한 목욕탕, 시체보관실, 화장막 등을 갖춘 대
규모 집단학살 수용소일 뿐만 아니라 전쟁 당시 부족한 노동력을 메우
는 노동력 공급원 구실을 했다. 수용소에 억류된 유태인들은 식량을 얻
기 위해 일해야만 했고 일을 못하는 허약자들은 굶어 죽었으며, 굶어
죽지 않은 사람들은 과로와 질병으로 사망했다. 더욱이 아우슈비츠의
가장 충격적인 실태는 살아있는 사람을 대상으로 한 생체실험이었다.
생체실험은 값싸고 신속하게 불임을 시키거나 살해하는 방법, 아리안
족의 수를 늘리는 방법을 찾기 위한 시체검시, 인위적으로 병을 일으킨
다음 결과를 연구하는 등 비인간적이고 잔인한 만행으로 이어졌다.69)

이 시에는 죽음의 수용소 아우슈비츠에서 강제노역과 죽음의 공포에
시달렸던 사람들의 불가항력적 절망감이 표현되어 있다. 일정한 간격으
로 묶인 채 앉아 있는 "검은 標本들", "옷을 벗은 여자들"은 생체실험
이나 강제노동으로 인해 이미 죽은 것이나 다름없이 파멸된 존재들이
다. 그들은 "두 발 묶인" 상태일 뿐 아니라 "입과 팔이 없는" 상태, 곧
인권이 유린된 고통 속에 있으면서도 일체의 항변이나 반항조차 할 수
없도록 억압과 착취에 무기력하게 노출된 모습이다. 그곳에서는 도주도
불가능하며 절대적인 빈곤과 인간성의 파괴와 경악만이 팽배하므로 "한
여자의 눈은 擴大되어 가고 있었다"라는 구절은 그러한 정황을 효과적
으로 보여주고 있다.

이 시의 구조는 시신에 가까운 "검은 標本들이" "덜커덕거리며 선회
하고 있"는 장면이 처음과 마지막 연에 반복됨으로써 죽음에 대한 의미

69) Mary Fulbrook, 『분열과 통일의 독일사』, 김학이 역(개마고원, 2000),
pp. 291-295 참고.

를 강화시키고 있다. 또한 마지막 연의 끝 행은 종결어미로 처리되어 있지 않기 때문에 현재에도 진행중인 죽음의 정경을 계속 제시하며 첫 연으로 되돌아가게 하는 구실을 한다. 따라서 시적 화자의 말대로 "半世紀가 지난 아우슈비치 收容所"라 할지라도 죽음과 고통에 내던져진 인간의 실존은 여전히 문제시되고 있는 것이다. 그리하여 과거의 죽음의 현장은 현재의 시공간에 영향을 미치고 죽음이 몰고 오는 고통은 시적 화자의 현재를 잠식한다. 이는 죽음의 폭력성이 최대화된 전쟁을 소재로 한 것이기에 그 절망감이 극대화되어 있으되, 애초에 죽음이란 인간에게 내적 파탄과 고통을 제공하는 것이다. 죽음을 현재적인 것으로 수용하고 죽음이 초래하는 공허에 자신을 내맡기는 것은 존재가 파열해가는 아픔에 매순간 스스로를 드러내는 행위이다. 이렇게 함으로써 시인은 죽음과 고통이 지속되는 한, 시간은 악하고 세속적인 것이라는 감각을 지니게 된다. 죽음을 불러올 시간 자체는 과거에도 죽음을 가져왔으며 현재와 미래에도 변함없이 그러하기 때문이다.

  죽음을 동반하는 시간이 세속적인 만큼 시간 속에서 성장하고 의미를 추구하는 자아 또한 시에서 속된 것으로 나타난다. 자아는 연속성이라는 특성으로 체험되는 경향이 있으며, 문학에서는 활동적이고 자동 조절적인 기능을 지닌다.70) 따라서 시간과의 상호 친밀성을 토대로 시적 자아는 스스로를 재구성하는데 이는 시인이 시간을 인지하는 관점을 보여준다.

        그 언제부터인가
        나는 罪人
        수億 年間
        주검의 連鎖에서

---

70) Hans Meyerhoff, 앞의 책, pp. 67-68 참고.

惡靈들과 昆蟲들에게 시달려 왔다
다시 계속된다는 것이다
　　　　　　　　　—「꿈이었던가」 전문

　　이 시에서 "꿈이었던가" 하고 묻는 화자는 일상생활 속에 살아가는
동안 겪는 괴로움이 지나쳐서 그 동안 살아온 생이 꿈이었기를, 또한
살아온 대로 앞으로도 살아가야 한다는 사실이 모두 꿈이기를 바란다.
"그 언제부터인가/ 나는 罪人"이라는 표현 속에는 과거의 죄과, 즉 짊
어진 부담으로서 아직도 쌓여 있는 죄과에 대한 괴로움이 포함되어 있
다. 이 괴로움은 시간의 진행에 따라 현재에까지 시적 화자에게 계속
부과되어 있는데 기왕에 존재해온 과거성이 현재에도 결집되어 드러난
상태이다. 이는 현재의 시간이 과거와 함께 흐르고 있다는 사실에 대한
존재론적 인식이다.
　　여기에서 시적 화자가 체험한 고통의 무게는 "수億 年間" 지속된 것
만큼이나 그 밀도가 강하다는 것을 알 수 있다. 시간에 대한 이와 같은
인식은 고통이 계속되는 동안 시간은 흐르지 않고 마치 정지한 것이나
다름없었다는 자각에서 비롯된다. 다시 말해 고통으로 가득 찬 세속적
시간은 흐르지 않고 멈추어 지속되는 것으로서 파악된다. 더욱이 시적
화자는 한 번의 죽음이 아니라 연쇄적으로 이어지는 죽음을 이미 경험
했으며 이는 "惡靈들과 昆蟲들"로 형상화될 정도로 끔찍하고 두려운 것
이다. 이러한 고통이 그칠 것이라는 확신보다는 지나온 시간이 "다시
계속된다는" 절망만이 있을 뿐이다. 이는 시적 화자가 인식하는 악한
시간이 영원히 유지된다는 비극적 성찰로서 시간 속에는 구원이 없음을
승인하는 태도를 보인다. 시적 화자가 "나는 罪人"이라고 말하는 독백
속에 담긴 자아 부정은 바로 이와 같은 시간 부정에서 유래한 것이다.
자아는 모든 경험의 구성적 근거가 되는 시간성의 구조를 본질적으로

지니고 있기 때문이다.

　김종삼이 이러한 시간의식에 그친다면 그는 이 세계의 시간과 정황의 희생자로서 죽음을 가장 불길한 상징으로 받아들이는 데 머물고 말 것이다. 그러나 시인은 세속적 시간의 절망을 통해 다른 세계에 대한 갈망을 품게 된다. 시간의 세속성에 내맡겨져 있는 존재는 역설적으로 또 다른 시간을 지향할 수밖에 없고, 이는 고통의 터전인 자아와 시간을 성실하게 재정립하고자 하는 과정으로 이어진다.

2) 시간의 성화

　시인은 일상적 생활을 유지하면서도 다른 종류의 시간과 공간 속에 살아가는 존재라고 할 수 있으므로 시를 통해 시간의 세속성에서 이탈하는 통로를 마련한다. 김종삼은 "세계라는 상황과의 끊임없는 의식의 대화"[71]를 나눔으로써 스스로를 내면으로부터 규정하고 있는 상황을 넘어서려는 의지를 표명한다. 시인은 시간의 세속성에 소속되어 있으면서도 질적으로 전혀 새로운 차원에 들어가는데 이는 시적 화자가 신성함에 참여하는 방법으로써 이루어진다. 이때 신성함에 참여하는 것이 현실 세계에서의 난순한 이탈이 아니라는 사실에 수의할 필요가 있다.

---

71) 인간 실존을 규정함에 있어 하이데거(M. Heidegger)나 사르트르(J. P. Sartre)는 '세계 내 존재'라는 말로써 실존과 세계가 상호 불가분의 관계에 있음을 파악하였다. 이와 유사한 관점으로서 마르셀(G. Marcel)은 '상황 속의 존재'라는 용어를 사용하였는데 이는 '나의 여기'와 '나의 지금'을 종합한 개념이다. 그는 "인간의 본질은 상황 속에 있음"이라고 언표하여 인간의 사유는 상황 속에 근본적으로 포함되어 있으면서도, 그 상황 때문에 인간은 능동적 행위를 촉발하여 스스로에게서 벗어날 수 있게 된다고 보았다.
　김형효, 『가브리엘 마르셀의 구체철학과 여정의 형이상학』(인간사랑, 1990), pp. 42-43, 164-166 참고.

신성함과 세속성은 인간이 그의 역사 과정 속에서 상정해 온 두 가지 생존상황이며 신성함에 참여하는 일은 인간을 둘러싼 실존적 환경을 그대로 둔 채 이루어진다.[72] 그러므로 세속성으로부터 벗어나는 것이 현실을 무시하고 '지금, 여기'의 바깥으로 초탈하는 것을 의미하지 않는다.

이러한 사실은 시적 화자가 죽음과 얽힌 세속적 시간에서 이탈하는 통로로서 부각시키는 성스러운 존재들이 현실의 비루함과 동떨어져 있지 않다는 것을 통해 확인된다. 다시 말해 절망적 비전과 길항하는 밝고 따뜻한 세계의 인물들, 곧 "자그만하고도 거룩한/ 생애를 가진" "밋숀 병원의 늙은 간호부"(「마음의 울타리」), "선량하고도 가난한 사람들"(「미사에 參席한 李仲燮氏」), "가난하여도 효성이 지극하였던 그녀"(「北녘」), "중환자 보호자 대기실에"서 만난 "판자집" "아낙"(「앞날을 향하여」)과 같은 사람들은 현실의 세속성에 처해 있으면서 동시에 시간의 비극성을 넘어서 있다. 이처럼 시적 화자는 고통에 찬 생활을 하면서도 숭고함을 실현하는 사람들을 만남으로써 시간의 신성함에 참여하게 된다.

전쟁과 희생과 희망으로 하여 열리어진
좁은 구호의 여의치 못한 직분으로서 집없는 아기들의 보
모로서 어두워지는 어린 마음들을 보살펴 메꾸어 주기 위해
역겨움을 모르는 생활인이었습니다.

[중략]

그 여인의 속눈썹 그늘은
포근히 내리는 눈송이의 색채이고
이 우주의 모든 신비의 빛이었습니다.

---

72) M. Eliade, 『성과 속』, 이동하 역(학민사, 1995), pp. 12-15 참고.

[중략]

그 여인의 시야는 그 어느 때이고
선량한 생애에 얽히어졌다가 죽어간 사람들 사이에 세워진
아취의 고요이고 아름다운 꿈을 지녔던 그림자입니다.
—「여인」 부분

인간이 고통에 매몰되는 경우, 대개 두 가지의 반응 가운데 하나를 선택하게 된다. 하나는 자기 내부에 칩거하는 자폐증의 현상이고 다른 하나는 사랑하는 착한 사람들에게 위안을 받고 싶어하는 현상이다. 시적 화자는 한국전쟁 이후 모든 재원이 고갈된 상태, 누구나 보살핌 받기를 원하는 상황에서도 자신을 돌보지 않고 대가 없이 희생한 어느 고결한 "여인"의 삶에 대해 언급하고 있다. 부족한 구호물자와 "여의치 못한" 신분에도 불구하고 기하급수적으로 늘어난 전쟁고아를 돌보았던 이 "여인"은 "역겨움"도 아랑곳하지 않은 꿋꿋한 "생활인이었"다. 그녀는 쉴 사이 없이 일하면서 틈틈이 아이들의 겨울옷을 뜨고 불평과 원망 없이 조용히 헌신한 위대한 어머니였다. 이 시에서 풍기는 진술의 어조로 보아 시적 화자는 모든 괴로움을 고요하고 아름답게 넘어선 한 "여인"을 통해 삶의 위로와 평화를 누렸던 것으로 보인다.

여인에게 있어서도 현실의 고통과 참담함은 말할 수 없이 힘겨운 것으로 다가왔겠지만, 고통은 인간 존재와 분리되지 않는 신비이기에 그녀는 자신이 겪는 고통 속에서 하나의 의미를 스스로 창조한 것이다. 즉, 폐허가 된 현실 속에서 사랑과 헌신을 보여준 "여인"은 현실의 고통을 초월하는 의미로서 고통 속에 묶인 인간의 자유를 발휘한다. "이 그려져 가기 쉬운/ 세태" 속에 파멸되어 갈 것이냐, 아니면 존재의 고통을 통해 새롭게 존재론적 변형을 창조할 것이냐 하는 것은 인간의 의지에 달려 있다. 그러기에 "친엄마의 마음"으로 비극적 "세태를 어루만

74

져" 줌으로써 전쟁의 포화가 지나간 "이 세기"에 "연약하게나마" "어
진 광명"을 비추어준 "여인"의 숭고함은 절망적 시간을 극복했다는 점
에서 가치가 있다. 이러한 행위는 고통의 무게를 염두에 둘 때 신비에
속하는 것이라고 볼 수 있다. 따라서 무엇보다 자기 자신을 초탈한 이
"여인"을 "포근히 내리는 눈송이의 색채", "이 우주의 모든 신비의
빛", "어진 광명"으로 표현한 것은 내적 평정을 가져다 준 "여인"에 대
한 시적 화자의 경외감의 발로이다. 이 구절들에 나타난 빛과 동일시된
흰색은 "여인"의 영혼의 순결뿐만 아니라 "신과 통하는 자"73)의 속
성을 가리킨다. 현실적 시간은 누추하고 보잘 것 없으나 "여인"은
신의 속성, 곧 신성함을 실현함으로써 그 세속성을 타파한 것이다.
그리하여 그녀로 인해 "선량한 생애에 얽히어졌다가 죽어간 사람
들"은 "그 어느 때이고" 시간의 성화에 참여한 것이라고 볼 수 있
다. 김종삼 시의 특성 가운데 여러 차례 지적된 바 있는 심미적 취
향과 여성적인 것에 대한 경도74)는 근본적으로는 이러한 시간의 성
화 의지와 연관되어 있는 것으로 보인다.

시간의 세속성에서 신성함으로의 질적 변화는 착하고 순결한 이웃에
의해서뿐만 아니라 축제와 같은 사건을 통해서도 이루어지는데, 이러한
축제의 시간 역시 현실을 벗어나지 않는다.

오늘은 운동회가 열리는 날이므로 오랜만에 즐거운 날입니다.
북치는 날입니다.

[중략]

73) 아지자 · 올리비에리 · 스크트릭 공저, 『문학의 상징 · 주제 사전』, 장영수
역(청하, 1989), p. 131.
74) 이승훈, 「비상회귀 칸타타」, 『문학사상』(1985, 3), pp. 41-45.
장석주, 앞의 글, pp. 17-35.

운동 경기가 한창입니다.

구경온 제또래의 장님이 하늘을 향해 웃음지었습니다.

점심때가 되었습니다.

어머니가 가져 온 보자기 속엔 신문지에 싼 도시락과 삶은 고구마 몇 개와 사과 몇 개가 들어 있었습니다.

먹을 것을 옮겨 놓는 어머니의 손은 남들과 같이 즐거워 약간 떨리고 있습니다.

어머니가 품팔이하던

밭 이랑을 지나가고 있었습니다. 고구마 이삭 몇 개를 주워 들었습니다.

어머니의 모습은 잠시나마 하나님보다도 숭고하게 이 땅 위에 떠오르고 있었습니다.

이제 구경왔던 제또래의 장님은 따뜻한 이웃처럼 여겨졌습니다.

—「五학년 一반」 부분

한 어린아이의 입을 통해 진술되고 있는 이야기에는 "남의 밭에서 품팔이하는" 어머니와 열 살 남짓 된 "장님"이 등장한다. 매일같이 반복되는 가난한 생활은 세속적인 사건의 총화로 구성된 시간이지만 "오늘은 운동회가 열리는 날이므로" 일상적 삶과는 이질적인 시간에 속한다. 어린 화자 역시 오늘은 다른 날들과 다르게 "오랜만에 즐거운 날"이어서 축제 같은 기분을 느끼는데 이는 평소의 나날이 오늘처럼 즐겁지도, 신나지도 않음을 가리킨다. 학교에서 운동회를 시작하면서 "북치는" 소리는 온 동네에 퍼졌을 것이고 이 북소리에 마을 사람들은 한껏 들떠 있다. 그러한 사실을 반증이라도 하듯 운동회에는 어린 "장님"까지 구경와 있다. 이때 시적 화자가 구경온 많은 사람들 중에 하필이면 장님에게 주목했다는 사실은 그가 현실의 고됨을 이미 간파하고 있다는 의미가 된다. 일상 속에서는 따돌림당하고 무시당하던 장님도 한창 진행중인 운동 경기를 구경하는 마을 사람들의 고함소리와 응원 소리를 듣고는 축제의 현장에 어울린다. 현실에서는 눈멀었지만 축제의 날에는 눈뜬 사람들과 같이 어울리게 됨으로써 이 장님은 세속적 시간으로부터 벗어난다. 또한 시적 화자의 어머니는 남의 밭에서 품팔이하던 일손을 잠시 놓고 아이의 운동회에 도시락을 가져다 준다. 어머니가 가져온 음식은 매우 소박하고 적은 것이지만 "먹을 것을 옮겨 놓는 어머니의 손은 남들과 같이 즐거워 약간 떨리고 있"다. 어머니 역시 가난한 음식을 통해서나마 축제의 자리에 참여함으로써 현실의 고달픔으로부터 이탈하고 있는 것이다. 이러한 어머니의 마음을 읽는 화자는 밭이랑을 지나다가 그저 "고구마 이삭 몇 개를 주워 든" 어머니의 모습을 "하나님보다 숭고하게 이 땅 위에 떠오르"는 것으로 인식한다. 어머니는 시간이 더럽히고 닳게 만든 모든 것으로부터 "잠시나마" 벗어나 성스러운 존재로 새로워진 것이다.

이러한 축제의 시간을 통해 축제 이전이나 이후와 질적으로 구별된 사람들은 삶의 신성한 차원을 체험한다. 일상적 시간이 탈신성화되어 세속성을 드러낼 때 인간들은 개별화된 고통 속에 고립된다면, 숭고한 차원으로 변질된 시간에 참여하는 사람들은 다같이 "따뜻한 이웃"으로 일체감을 누리게 된다. 그리하여 축제의 시간, 신성한 시간은 세속적이고 일상적인 시간과 전적으로 다른 구조와 기원을 지니며 그 시간 속에서는 존재의 신성성이 회복된다. 종교학자인 엘리아데의 관점에 의하면, 인간 존재가 무와 죽음으로부터 구원된 존재로 나타나는 것은 거룩함과 실재성의 근원에 대한 이같은 회복 덕분인 것이다.[75]

살펴본 바와 같이 시간의 세속성은 시적 화자가 선량한 사람들과 만나거나 축제의 시간에 참여함에 따라 성화되어 가는데 이 과정은 고난

---

75) M. Eliade, 앞의 책, p. 95 참고.

의 한가운데를 통과하면서 획득된다. 이는 "잔잔한 聖河의 흐름은/ 비
나 눈 내리는 밤이면/ 더 환하다"(「聖河」)라고 말하는 시적 화자의 독
백을 통해서도 알 수 있다. 고난의 절정에서야말로 시간의 흐름이 빛을
발하며 이 흐름은 세속성이 아닌 신성함으로 수렴된다. 이는 시간을 세
속적인 것으로 규정짓게 하는 근원적 문제로서의 죽음 역시 신성함을
향해 나아가면서 재정립되고 극복될 것이라는 사실을 어느 정도 암시해
준다.

> 내가 죽어가던 아침나절 벌떡 일어나
> 날계란 열 개와 우유 두 홉을 한꺼번에 먹어댔다.
> 그리고 들로 나가 우물물을 짐승처럼 먹어댔다.
> 얕은 지형지물들을 굽어보면서 천천히 날아갔다.
> 착하게 살다가 죽은 이의 죽음도 빌려 보자는
> 생각도 하면서 천천히
> 더욱 천천히
>
> ─「또 한번 날자꾸나」 전문

  숭고하고 성스러운 존재나 축제의 시간에 참여하는 행위를 통하여 시
간을 새롭게 갱신시킨 적이 있는 시적 화자라 할지라도 김종삼의 시에
서는 그 성스러움이 결코 절대화되지 않는다. 이는 제의적 행위를 거치
면서 거룩한 달력을 구성하는 축제들 가운데서 존재의 신성성을 주기적
으로 회복하는 종교적 인간의 경우와 마찬가지라 할 수 있다. 그는 다
양한 시간적 리듬 속에 살고 있으며 상이한 밀도를 가진 시간들이 있음
을 지각하고 있기에 반복적으로 시간의 성화를 열망하는 것이다.
  이에 시적 화자는 다시 죽음의 고통에 시달리는 "아침나절"의 경험
을 통해 성스러움으로 나아갈 극복의 방법을 찾게 된다. 이는 "날계란
열 개와 우유 두 홉"으로 상징되는 생명력의 섭취, "우물물"이 대신하

는 소생의 필수적 요소에 의해 죽음에서 삶으로 이행하는 모습으로 나타난다. 여기에서 "우물물을 짐승처럼 먹어"대는 시적 화자의 생에 대한 갈망은 점차 고조되며, 죽음의 중력에서 해방되어 "천천히 날아"가는 상승의 꿈으로 떠오른다. 생에 대한 갈증의 열렬함으로부터 인간 조건을 초월하는 존재로 변형되는 것은 재생에 대한 명상으로 인한 시적 화자의 승화를 의미한다. 이러한 재생은 기본적으로 "착하게 살다가 죽은 이의 죽음도 빌려 보자는/ 생각"에 근거하여 가능하다. 이로써 화자는 지상의 조건을 넘어 상상적 영역 위로 해방된다. "착하게 살다가 죽은 이의 죽음"이 시적 화자에게 삶의 소생력을 가져다주는 원인은 그 선량함이야말로 죽음의 모태인 시간의 비속함을 정화시키는 성스러운 물의 구실을 하기 때문이다. 이때 "천천히/ 더욱 천천히" 비상하는 시적 화자의 속도감은 죽음의 세속성을 성스러운 존재를 통해 극복하려는 과정의 여일한 노력을 보여준다. "또 한번 날자꾸나"라는 시의 제목 역시 이러한 과정의 반복적 수행을 가리킨다고 볼 수 있다. 이로써 시적 화자에게 있어서 죽음의 시간인 "아침나절"은 생의 신성한 차원을 거쳐 치유된다.

김종삼의 시간의식은 세속적 시간과 신성한 시간의 대립구도에 의해 짜여지며, 세속적 시간에 대한 절망이 신성한 시간에 대한 갈망을 이끌어낸다. 시인이 시간을 세속적인 것으로 파악하는 이유는 죽음의 폭력성과 고통 때문이다. 그러나 이와 같은 대립구도는 단순히 단절적이라기보다는 상호침투적이다. 이는 시적 화자가 숭고한 사람들이나 축제의 시간을 통한 시간의 일회적 성화에 안주하지 않음으로써 확인된다. 즉, 화자는 죽음을 안고 있는 현실의 세속성을 재확인하면서 한번 성화에 도달한 시간을 절대적인 것으로 고착화하지 않는다. 모든 시간은 세속성에 의해 침해당할 수 있는 것이다. 더욱이 현실적 맥락을 염두에 둔 시간의 성화 과정은 느린 수행의 길을 거쳐야 하므로 계속적으로 진행될 수밖에 없다. 이는 언제나 "대상을 완결된 상태로서가 아니라 진행 과정으로서 파악하고자 하였"[76]던 김종삼 시의 미학과도 자연스럽게 결부된다. 그리하여 시인에게 있어 죽음의 고통이 실존적 깨달음으로 이어지고 그러한 반복이 성실한 과정을 거칠 때 그것은 삶의 극복과 자아의 정립으로 나타난다.

2. 죽음과 음악의 공간화

1) 육화된 죽음의 시공간

김종삼이 죽음에 대해 고정적인 태도를 지니지 않는다는 것은 그가 의식의 변화에 따라 죽음에 대한 관념을 변화시켜 나간다는 것을 의미한다. 이는 죽음을 확정적인 것으로 보지 않고 자아와 더불어 변화하는 것으로 받아들이는 태도이다. 죽음을 대하는 인간의 태도는 삶을 통해 변화하게 마련이며, 죽음은 자아로 인해 태어나고 성장하며 의미 있는 것이 된다. 죽음은 마치 개개인이 실존하고 있는 것과 같이 존재한다고 볼 수 있다. 이와 같은 사실이 말해 주는 것은 죽음이 인간 실존의 역사성 내에 수용되어 있다는 점이다. 즉, 자아는 의식의 흐름에 따라 이미 만들어진 질서에 속하기보다는 스스로 만들어가는 질서에 속하며, 이로써 언제나 변화를 내포하는 죽음과 상보적인 관계를 유지한다. 그러므로 인간 실존에게 죽음이 본질적으로 내재해 있는 한 죽음은 시간화와 무관할 수가 없다. 김종삼 시에서 화자는 '죽음은 언제나 나의 것'

---

76) 윤호병, 「'흔적'의 미학: '사이'의 관조미학과 '동안'의 진행미학」, 『시로 여는 세상』(2002, 여름), p. 233.

이라는 실존적 태도를 견지하는데, 이로써 죽음은 인간 현존재에게 절대적으로 귀속된다. 인간은 자신이 '죽음으로 운명지어진 존재'임을 이해하고 완수함으로써 죽음이라는 종말을 받아들이게 되고 전체적인 존재가 되는 것이다.[77]

하이데거는 현존재가 죽음을 이해함으로써 시간의 전체성의 진상이 드러난다고 파악한다. 그는 인간은 '죽음을 향한 존재'이며 죽음이야말로 매순간 현존재의 모든 행동을 결정하는 요소라고 하여 죽음의 문제를 내면화한다. 말하자면, 불안으로 인해 자신의 죽음을 앞당겨 생각하는 인간은 자기 존재의 극한을 일단 죽음에 못박게 된다. 이처럼 자기의 전체를 내다보며 앞질러 이해하는 것을 '선험적 결의성'이라고 할 수 있는데, 이로써 인간은 죽음에 한정지어져 있는 자기 존재 가능성을 포착한다. 이때, 현존재인 인간은 죽게 될 자기 자신을 지금까지 이미 존재해 온 자기 자신에게로 데리고 온다고 할 수 있다. 인간은 죽음에 대해 선험적으로 결의함으로써 시간적으로 미래, 과거, 현재를 현존재의 시간적 전체성으로서 이해하게 되는 것이다. 죽음을 향해 앞당겨 작정하는 것은 현재의 행위이므로 인간은 결의하는 자아 속에 현재까지 존재해온 전체로서의 시간성을 현재화한다.[78] 이는 본래적 실존이 미래를 자신의 과거 속에서 보면서 자기 현재 상황을 과거, 현재, 미래로 삼분하는 것이 아니라 하나로 통합하는 시간성이다. 엄밀하게 과거, 현재, 미래라는 세 시간이 있는 것이 아니며, 이는 아우구스티누스(Aurelius Augustinus)의 말대로 "과거의 것에 대한 현재, 현재의 것에 대한 현재, 미래의 것에 대한 현재"[79]의 시간 양상이다. 따라서 죽음을 향한

---

77) Walter Schulz, 「죽음의 문제에 대하여」, 정동호·이인석·김광윤 공역, 앞의 책, pp. 55-56 참고.

78) 김규영, 「하이데거의 시간론의 한계」, 『시간론』(서강대출판부, 1979), pp. 283-294 참고.

존재로서 시간을 파악하는 태도는 자기 존재를 총체적으로 이해하는 자세이다.

죽음을 향하고 있는 자의 시간성에 대한 인식은 김종삼의 시에서 빈번히 발견된다. 특히 죽음을 선험적으로 수용함으로써 시간의 터전으로서의 자아를 전면적으로 이해하는 모습은 다음 시에서 두드러진다.

> 새 한 마린 날마다 그맘때
> 한 나무에서만 지저귀고 있었다
>
> 어제처럼
> 세 개의 가시덤불이 찬연하다
> 하나는
> 어머니의 무덤
> 하나는
> 아우의 무덤
>
> 새 한 마린 날마다 그맘때
> 한 나무에서만 지저귀고 있었다.
>
> ―「한 마리의 새」 전문

시적 화자는 "날마다 그맘때/ 한 나무에서만 지저귀고 있"는 새 한 마리를 보면서 "세 개의 가시덤불"을 떠올린다. 세 개 중 "하나는/ 어머니의 무덤"이고 또 다른 "하나는/ 아우의 무덤"으로 명시되어 있지만 나머지 하나는 누구의 무덤인지 드러나 있지 않다. 그러나 같은 시각, 같은 나무에서 우는 새는 시적 화자에게 나머지 한 개의 "가시덤불"이 바로 화자의 무덤임을 쉴새없이 알려준다. 이는 시적 화자가 과거에 경

---

79) 소광희, 『시간의 철학적 성찰』(문예출판사, 2001), p. 288.

82

험한 가족들의 죽음을 통해 자신 또한 죽을 운명에 처한 존재임을 받아
들이고 있다는 뜻이다. 그러므로 "어제"의 죽음은 지금 현재의 화자에
게 "찬연하다". 세 개의 무덤 가운데 하나는 아직 만들어져 있지 않지
만 밝게 빛나는 "가시덤불"의 이미지를 현재 완성한 화자는 죽음의 가
능성을 현재화하고 있다. "찬연하다"라는 시어가 현재 시제로 처리되어
있는 것은 이런 점에서 주목을 요한다. 한편, 언제나 시적 화자를 죽음
쪽으로 환기시키는 "새 한 마리"의 동작은 "지저귀고 있었다"라는 과거
형으로 표현됨으로써 죽음의 미래적 가능성이 실재해 온 죽음의 과거성
으로 이어지도록 되어 있다. 이와 같이 시적 화자의 미래적 죽음이 지
금껏 존재해온 자기 자신을 전제로 하는 것이기에 이러한 죽음에 대한
인식은 궁극적으로 자기 복귀를 의미한다. 이러한 관점에서, 현존재 내
에 통합된 시간성을 자극하는 "새 한 마리"는 분명 시적 화자 자신이라
고 이해할 수 있다. 미래와 과거라는 시간은 죽음을 선험적으로 예시하
는 "새"에 의해 하나로 통합되며 이는 죽음에 의해 시간의 총체성을 획
득하는 현존재를 가리키기 때문이다.

이와 같이 죽음을 향해 선험적으로 결의함으로써 시적 화자는 자신의
현재 속에 미리 다가와 있는 미래의 죽음을 과거에서부터 존재해 온 자
기 자신에게로 투사한다. 죽음을 예지적으로 인식함으로써, 시적 화자는
자아를 앞당겨 파악하고 전체적으로 이해하게 된 것이다. 김종삼의 죽
음 인식이 내면화된 시간성으로 성숙함에 따라 시인은 앞 장에서 지적
한 바와 같은 시간의 부정에서 기인한 자아 부정의 자세를 변화시키게
된다. 그의 자아 부정은 세계와 화해하지 못한 자신의 결핍을 드러내는
것이지만, 시인은 죽음을 수용하고 결국은 자신을 긍정하기 위한 방향
으로 나아간다.

머지 않아 나는 죽을거야

산에서건
고원지대에서건
어디메에서건
모차르트의 푸루트 가락이 되어
죽을거야
나는 이 세상엔 맞지 아니하므로
병들어 있으므로
머지 않아 죽을거야
끝없는 평야가 되어
뭉게 구름이 되어
양떼를 몰고 가는 소년이 되어서
죽을거야

—「그날이 오며는」 전문

　독백체로 진술되어 있는 이 시에서 화자는 죽음에 대한 예지적 인식을 보여준다. "머지 않아 나는 죽을" 것이라고 말하는 화자에게 죽음은 음악과 "평야"와 "뭉게 구름"과 "양떼를 몰고 가는 소년" 같은 순수하고 평화로운 것으로 다가온다. "이 세상"의 세속성과 어울릴 수 없는 화자는 "병들어 있"을 수밖에 없으나 이러한 자기 부정은 세계와 불화하는 의식에서 비롯된 것이며, 그 결과 죽음을 맞이하겠다는 자세로 이어진다. 이때 죽음을 맞이하는 화자는 죽음 이전에 존재의 변질, 곧 "모차르트의 푸루트 가락", "끝없는 평야", "뭉게 구름", "양떼를 몰고 가는 소년"으로의 변형을 겪게 될 것이라고 예견한다. 네 차례 반복되고 있는 "죽을거야"라는 구절은 이로써 죽음의 수용에서 죽음에 대한 의지로 바뀌게 된다. 이러한 존재의 변화를 겪은 뒤에 맞이하는 죽음은 고통과 악, 절망의 쇠사슬에서 벗어난 아름다운 것이 된다. 그러므로 화자가 죽게 되는 "그날"은 죽음에 대한 극복 의지가 발휘되는 날이며 자아 긍정이 실현되는 날이다. 죽음을 통해 자아 부정이 극복된 뒤에 확인할 수 있는 것은 죽음이 파괴하는 것은 현상일 뿐 존재 자체가 아니라는 사실이다.

이와 같이 죽음이 내면화됨으로써 죽음에서 기인한 문제는 시인의 자기정체성 수립의 문제로 나아간다. 이는 죽음에 의해 위협받는 자아의 지위가 회복되고 죽음에 대한 선험적 결의를 통해 미래와 과거의 시간이 현재의 자아 내에서 구현됨으로써 시인의 자기 정립으로 수렴되는 과정이다. 따라서 시인이 죽음을 취하는 것은 시간과 자아의 통일성을 회복하는 여정이라고 볼 수 있다. 또한 이 시에서 시적 화자는 "산에서건/ 고원지대에서건/ 어디메에서건" 죽을 수 있다고 언급하는데 이는 공간과 시간이 죽음에 개방되어 있음을 의미한다. 계속해서 "여러 번 죽음을 겪어야 할"(「掌篇·3」) 죽음의 수행자로서의 시적 화자에게 죽음은 어느 때와 어느 장소에서든지 다시 정립되어야 하는 것이다. 화자에게 이 죽음이 경험되는 시공간은 길과 산맥, 아침과 새벽과 밤으로 구체화되어 나타난다.

> 나는 넘을 수 없는 산을 넘고
> 있었다 길 잃고 오랜 동안 헤매
> 이다가 길을 다시 찾아내인 것
> 처럼 나의 날짜를 다시 찾아내
> 인 것이다
> 앞당겨지는 죽음의 날짜가 넓
> 다.

—「길」 전문

시적 화자에게 있어 "넘을 수 없는 산을 넘고/ 있"는 것은 "오랜" 방황의 끝에서 비로소 "길을 찾아"낸 행위라고 할 수 있다. 이때 "처럼"이라는 조사에 의해 연결된 바에 주의하면 "길 잃고 오랜 동안 헤매

/ 이"던 시적 화자가 "다시 찾아"낸 것은 "길"이며 동시에 "나의 날짜"임을 알 수 있다. 계속해서 이어져가는 "길"은 시간적으로 하루하루 이어져가는 "날짜"와 동질적인 이미지를 지니며, 이로써 공간이 시간화되고 시간이 공간화되어 있다. 다시 "앞당겨지는 죽음의 날짜가 넓/ 다"라는 구절에서는 죽음이 시공간적으로 통합되어 나타나는데, 이를 통해 시적 화자는 언제든지 죽음에 이를 수 있는 가능성이 넓게 열려 있음을 시각화한다. 다시 말해, 화자가 되찾은 "날짜"는 죽음의 날짜이며 그가 걷고 있는 "길"과 "넘을 수 없는 산"은 죽음의 길과 산이다. 시적 화자의 눈앞에 드넓은 시야를 열어보이는 것은 그의 죽음에 대한 내밀한 선험적 결의, 곧 삶에 대한 깊이 있는 이해라고 할 수 있을 것이다. 이로써 죽음의 시공간은 화자의 내면에서 고요와 통일을 이루면서 통합되며 존재의 침묵 위에 "앞당겨"져 펼쳐지고 있다. 시적 화자의 내면적 결의는 마지막 시행의 의도적 배치를 통해서도 파악할 수 있다.

위 시에서 죽음이 "넘을 수 없는 산"으로 표현되었듯이 이와 유사한 바위, 산맥 등의 이미지들이 김종삼 시에서 발견된다. 이는 "또 다시/ 마당바위/ 여러 형태의 바위들이/ 즐비하다/ 峻嶺의 夕陽녘"(「登山客」)에서와 같이 거대한 장애물과 고난의 원인으로서 제시되기도 하고, "까마득한 벼랑바위/ 하늘과 땅이 기울었다가/ 바로잡히곤 한다"(「벼랑바위」)에서처럼 반복적으로 다가오는 절망의 실체로서 표현되기도 한다. 시적 화자에게 이러한 바위나 산은 멀리서 바라보는 공간이 아니라 직접 기어오르고 걸어가야 할 참여의 공간으로서 인식되고 있다. 따라서 걷기 행위를 전제하는 이같은 공간은 산다는 것 자체가 부단히 지체되는 넘어짐이요, 끊임없이 이루어져야 할 죽음일 뿐이라는 감각을 드러낸다.

그때의 내가 아니다

미션계라는 간이 종합병원에서이다
나는 넝마 같은 환자복을 입고 있었다
고통스러워 난폭하게 죽어가고 있었다
하루 이틀 다른 병원으로 옮기어질 때까지
시간을 끌고 있었다
벼랑바위가 자주 나타나곤 했다

어제처럼 그제처럼
목숨이 이어져가고 있음은
아무리 생각하여도
시궁창에서 산다 해도
主의 은혜이다.

―「非詩」 전문

매번 정립되어야 하는 죽음에 대한 의식은 이 시에서 시간의 흐름에 따라 급선회하여 나타나고 있다. 시적 화자는 죽음의 난폭함을 겪었던 "그때의" 경험을 고백하면서, 형편없이 위축되고 손상된 자신에게 떠올랐던 것은 "벼랑바위"의 절박함과 위태로움이었다고 말한다. 이 "벼랑바위"는 죽음에 의해 실존이 파열되어 가는 장소로서, 회상하는 현재의 자아와 급격히 단절되어 있다. "벼랑바위"의 외형적 이미지 자체는 죽음에 의해 자아의 역사성이 단절된 상태 그대로를 표상한다. 이는 화자에 의해 직접 "그때의 내가 아니다"라는 단언으로 확인되는데 이로써 자아의 불연속성과 단절감은 극대화된다. 일반적으로 한 인간이 과거를 회상적으로, 상상적으로 재현할 때 심한 단절이 생긴다면 자아의 연속성과 동일성도 똑같이 감소된다.[80] 따라서 죽음의 장소에서 시적 화자는 극심한 소외감을 느끼면서 내적 시간의 총체성과 연속성을 상실한

---

80) Hans Meyerhoff, 앞의 책, p. 88 참고.

다. 이와 같이 죽음은 끝없이 새롭게 획득될 존재의 확실성을 뒤흔들고 위협하는 것이다.

시적 화자의 자괴감은 이전까지 존재해 오던 자신과 "넝마 같은 환자복을 입고" "고통스러워 난폭하게 죽어가고 있었"던 자신 사이에서 심화되지만, 결국 이러한 단절에도 불구하고 "목숨"을 부지하고 있다는 사실만큼은 부정할 수가 없게 된다. 이는 인간과 상황의 관계는 인간과 인간 자신과의 관계와 구조적으로 대응되고 있음을 의미한다. 즉, 시적 화자는 "죽어가고 있었"던 자신과 상황과의 관계에서 극심한 자기 소외감을 느꼈다가 다시 "어제처럼 그제처럼/ 목숨이 이어져가고 있음"을 통해 내적 "은혜"와 연속성의 근거를 회복하는 것이다. 이와 같이 사건의 한 계기는 끝없이 상호 작용할 뿐 아니라, 각 계기는 현실화된 모든 계기들과 내적인 관계를 맺는다. 시적 화자의 단절의식과 연속성 회복을 통해 알 수 있는 것은 인간 자신도 하나의 상황이며 이 내적 상황은 죽음이 내부에 육화되어 있기 때문에 시간적으로 시련을 겪을 수밖에 없다는 사실이다. 죽음의 시련을 거쳐 시적 화자는 단순히 "시간을 끌고 있었다"라는 식의 견딤으로부터 "시궁창에서"의 시간까지도 적극적으로 긍정하는 자세로 이행한다. 한편, 이 시의 제목이 "非詩"라는 사실을 통해 시 창작과 숙음이 서로 결부되어 있음을 짐작해 볼 수 있다. 이에 관해서는 후술하기로 한다.

이와 같이 육화된 죽음의 경험은 시인의 생애 전반에 걸쳐 나타나는데, 그의 죽음에 대한 긍정과 부정은 아침과 새벽과 밤이라는 시간 속에서 현저하게 차별화된다. 이러한 시간이 죽음과 관련하여 두드러지는 이유는 낮보다는 새벽과 밤이 죽음의 고독한 상태에 있는 시적 화자의 개별성을 뼈저리게 느끼도록 해주기 때문이다. 누구나 죽을 때는 혼자이며 죽음 앞에서의 고독은 절대적인 것이다. 특히 새벽이라는 시간은 시적 화자가 죽음을 수용하거나 극복하려는 시간으로서 간밤의 고통에서 선회하는 시점이 된다.

나는 죽어가고 있었다
며칠째 지옥으로 끌리어가는 최악의 고통을 겪으며
죽음에 이르고 있었다.
집사람은
임박했다고
흩어진 물건들을 정리하고
골방 구석구석을 청소하고
식은땀을 닦아 주고 나가 버렸다
며칠째 먹지 못한 빈 속에
큼직큼직한 수면제 여덟 개를 먹었다
잠시 후 두 개를 더 먹었다
잠들면 깨어나지 않으려고 많이 먹었다

낮은 몇 순간
밤보다 새벽이 더 길었다
손가락 하나가 뒷잔등을 꼬옥 찔렀다
죽은 아우 〈宗洙〉의
파아란 한 쪽 눈이 나를 지켜보고 있었다
오랫동안 나에게서 잠시도 떠나지 않고 노려보고 있었다
자동차 발동 거는 소리가 들렸다
갑자기 아무거나 먹고 싶어졌다
닥치는 대로 먹었다
아침이다
이틀만에 깨어난 것이다
고되인 걸음이 시작되었다
앞으로 앞으로

─「아침」 전문

　죽어가던 시적 화자에게 남은 희망이라고는 아무것도 없으며, 죽음 앞에서는 아내마저 화자와 무관한 사람처럼 행동한다. 이러한 상황에서 화자는 육체적 고통과 죽음에 대한 불안으로 "며칠째" 시달리다가 급기야 "수면제"까지 복용함으로써 자신의 죽음에 종결을 고하고자 한다. 죽음에 시달리는 동안 시적 화자는 이미 여러 번 죽은 것이나 마찬가지라고 볼 수 있는데 이러한 죽음의 시간으로서 밤은 긴 시간이었겠지만, 죽음에서 깨어나기까지 새벽은 더욱 길고 고통스러운 시간으로 다가온다. 새벽이란 밤의 어두움의 총화와 "새 날에 대한 염원들이 지극히 고통스럽게 교차하는"[81) 변화의 순간이다. 새벽은 투쟁과 고통, 전환과 새로움의 가능성이 뒤섞인 시간으로서 그 교차의 밀도가 크고 괴로운 까닭에 시적 화자에게는 거의 정지된 시간이나 마찬가지로 인식된다. 이때 마침내 새벽을 거쳐 화자가 깨어나게 되는 결정적인 전환점이 마련되는데, 이는 "죽은 아우 〈宗洙〉의/ 파아란 한 쪽 눈이" 자신을 "노려보고 있었"기 때문이다. 죽은 동생의 환영은 죽음에 정면으로 맞서지 못하고 회피하는 화자에 대한 질책이며, 시적 화자 스스로가 삶에 대한 의지를 재발견하게 되는 계기이다. 죽음으로 도피해 가는 것은 실존적 죽음을 회피하는 것이며 이는 자기 존재와 삶 자체에 대한 회피이다. 죽음으로 도피해 가려고 애쓰지 않을 때에만 죽음은 삶의 토대가 된다. 죽음이 지닌 삶의 토대란 "죽음의 타인적 성격이 없어지고 나는 나의 지반인 죽음을 향해 걸어가고 있고, 죽음을 통해 어떠한 방식에 의해서인지는 모르지만 삶이 완성된다는 것"[82)을 뜻한다.

　죽음의 시간인 밤을 거쳐 고통과 새로움이 교차하는 전환점으로서의 긴 새벽을 건너간 시적 화자는 "자동차 발동 거는 소리"로 상징된 아침

---

81) 아지자·올리비에리·스크트릭 공저, 앞의 책, p. 67.

82) Karl Jaspers, 앞의 글, p. 77.

의 활기를 인지하게 된다. "아침"은 갈등과 내적 위기 뒤에 찾아온 새
로운 시작의 시간이며 삶에 대한 욕망과 의지의 시간이다. 따라서 화자
는 죽음 회피로부터 돌이켜 죽음, 곧 진정한 삶이 허락한 "고되인 걸
음"을 수용하게 된다. 시에서 보는 바와 같이 시적 화자가 죽음을 대면
하고 수용한다고 해서 삶이 즉시 황금빛으로 순화되지는 않는다. 이는
실제적 경험에서 비롯된 시적 화자의 냉철한 현실 인식이며 한 걸음씩
"앞으로 앞으로" 나아가면서 마치 처음인 것처럼 다시 성찰되어야 하는
죽음과 자기 자신에 대한 현실 감각이다. 이처럼 죽음의 수용과 극복은
일회적인 것으로서가 아니라 반복해서 경험되고 언제나 새로이 획득되
어야 하는 것으로 나타나는데 이는 죽음에 직면함으로써 삶의 깊이는
한층 깊어지고 실존은 좀더 확실하게 자신을 깨닫기 때문이다. 이는 삶
의 과정 속에서 그때마다 육화된 죽음을 새롭게 정립하는 실존적 자
아의 자기 구성이다.

김종삼 시에 나타나는 죽음 인식이 인간 실존의 역사성 내에 수용
되어 언제나 새로운 시간화의 국면을 띠고 있다는 것은 시인의 죽음
에 대한 미적 모더니티 의식이 이같은 자기정체성 수립의 문제와 직
결되어 있음을 보여준다. 이는 김종삼 시의 모더니즘적 난해성을
"시적 자아가 역사적 주체로서 현실세계로의 참여적 투시를 취하고
있지 않다는 점에서, 즉 자아일탈적 태도에 의한 탈역사적 태도"[83]
라고 지적한 한 논자의 관점이 정당하지만은 않다는 사실을 뒷받침
한다.

2) 죽음 수행의 장소

---

83) 진순애, 「김종삼 시의 현대적 자아와 현대성」, 『한국 현대시와 정체성』(국
   학자료원, 2001), p. 19.

김종삼에게 실존적 자아의 자기 정립은 시쓰기의 공간을 통해 이루어
진다. 시인은 "超速으로 흘러가는/ 몇 조각의 詩 破片"(「破片」)이라는
구절에서와 같이 시를 빠르게 흘러가는 시간과 동일시하여 이해한다.
그러므로 시인이 시간의 극한적 문제인 죽음에 천착할수록 자기 존재와
죽음의 정립 과정은 시간의 포착이라 할 수 있는 시쓰기로 수렴된다.
시쓰기를 통해 시인은 시간과 죽음에 대한 긴장을 유지하며 죽음을 다
시금 구현해 나가는 것이다. 이는 시를 추구하는 자는 언제나 자신의
극단으로서의 죽음과 만나는 자임을 또한 증명하는 과정이다.

> 올페는 죽을 때
> 나의 직업은 시라고 하였다
> 後世 사람들이 만든 얘기다
>
> 나는 죽어서도
> 나의 직업은 시가 못 된다
>
> 宇宙服처럼 月谷에 둥둥 떠 있다
> 귀환 時刻 未定.
>
> —「올페」 전문

"올페"는 그리스 신화에 등장하는 음악의 화신 오르페우스를 가리킨
다. 그는 죽은 아내 에우리디케를 찾아 지하 망자의 세계로 내려갔다가
결국 아내를 되찾아오지 못하고 지상에서 죽은 인물로 유명하다. 시적
화자는 올페를 통해 자신의 정체성을 점검해 보는데, 이는 죽음 앞에
선 존재로서의 자기 인식이다. 시적 화자가 "올페는 죽을 때/ 나의 직
업은 시라고 하였다"라는 말을 떠올리면서 "나는 죽어서도/ 나의 직업
은 시가 못 된다"고 반성하기 때문이다. 올페는 살아있는 동안 아름다

운 음악으로 자연과 사람들, 심지어 망자 세계 전체를 감동시켰기에 그 삶과 죽음 자체가 시가 될 수 있다. 죽음이라는 극단을 노래함으로써 그는 죽음과 부활의 비밀을 체험했던 것이다.

이에 반해 시적 화자는 살아있는 동안에도 시를 직업 삼아 살지 못 했다는 각성에 이르고, 따라서 죽은 다음에도 시가 직업이 되지는 못할 것이라는 부끄러움을 노출한다. 이러한 시적 화자의 태도에는 역설적으로, 죽은 다음에도 시쓰기를 계속하겠다는 숭고한 의지, 죽은 뒤에라도 시가 직업이 되기를 바라는 간절한 뜻이 투영되어 있다. "나의 직업은 시가 못 된다"라는 자책 속에는 생활에 시달려 시쓰기에 전념하지 못한 자신을 향해 느끼는 자괴감과 함께 시는 직업이 되어야 한다는 진실함이 담겨 있다. 따라서 죽음 앞에서나 죽음 이후에도 시를 완수하지 못하는 시적 자아는 죽음 이후에도 계속적으로 시쓰기를 수행해 나갈 자세를 획득하는 것이다. 이는 "月숌에 둥둥 떠"서 "귀환 時刻 未定"으로 남아 있는 시적 화자의 현상태가 무엇을 의미하는지 말해 준다. 즉, 시적 화자는 영원히 완료되지 않는 시쓰기의 시간 속에 놓여 있으며, 그는 또한 영원히 종결되지 않는 죽음 수행의 장소에 처해 있는 것이다. 시인이 "미리 앞당겨진 죽음과의 관계로부터 글을 쓸 수 있는 능력을 부여받은 자"[84]라고 할 수 있다면 시적 화자의 시쓰기 태도는 이미 "올페"의 경지에 도달하고 있다고 볼 수 있다.

> 그렇다
> 非詩일지라도 나의 職場은 詩이다.
>
> 나는

---

[84] Maurice Blanchot, 『문학의 공간』, 박혜영 역(책세상, 1990), p. 122.

진눈깨비 날리는 질짝한 周邊이고
가동中인
夜間鍛造工廠.

깊어가리마치 깊어가는 欠谷.
—「制作」 전문

이 시에서 화자의 자기 확인은 '시란 무엇인가'에 대한 끊임없는 물음으로부터 비롯되고 있다. 시에 대한 질문 없이 "非詩"에 대한 검토가 있을 수 없기 때문이다. 무엇이 시이며, 무엇이 과연 시가 아닌가에 대한 고민 끝에 화자가 내린 결론은 "그렇다/ 非詩일지라도 나의 職場은 詩이다."라는 대답이다. 이는 타인들이 자신의 시에 대해 무엇이라고 언급하든지 상관없이 시를 자기 자신과 관련시켜 이해하는 관점이다. 이러한 관점에서는 시인 자신의 감정이나 정신 상태에 대한 진실성이 가치기준이므로 화자는 자기 성실성에 입각하여 이같은 판단을 내린다. 다시 말해서 "나의 職場은 詩이다."라고 말할 수 있을 정도의 시적 진실성을 화자는 확보하고 있다. 이 구절에서 화자가 일하는 곳이 시 자체임이 표명되어 있는데, 이는 그가 시를 온몸으로 행하는 수행으로서 받아들이고 있다는 증거이다. 여기에는 시가 단순히 공간화되어 있다는 의미 외에 성실한 육화와 체험으로서의 시간이 내포되어 있다. 더욱이 "나는/ 진눈깨비 날리는 질짝한 周邊"이라는 표현 속에는 지난한 상황을 육화시킨 화자의 인내가 배어 있다.

화자의 시쓰기는 밤중에도 "가동中인/ 夜間鍛造工廠"으로 형상화되어 쇠를 불에 달구고 두드려 철공물을 만들어내듯이 언어를 갈고 닦는 작업으로 나타난다. 이러한 작업은 시간적 경험을 통해 이루어지므로 실존의 역사적 발현으로서의 시간의 깊이를 동반한다. 따라서 시쓰기의 시간은 행위의 시간이며 "制作"의 공간에 자리하는 현장감에 접목된다.

이는 현실적 시간의 산물인 죽음과 결부되어 있기에 "깊어가리마치 깊어가는 欠谷", 곧 결핍의 장소로 구체화된다. 이때 "欠谷"은 시적 화자 자신을 가리키는 것으로 해석할 수도 있고, 시쓰기 작업을 가리키는 것으로 이해할 수도 있다. 전자의 경우 시적 화자는 결핍의 근거로서 시쓰기의 동기이며, 후자의 경우 시쓰기는 "깊어가는" 고통의 심연이 된다. 결국 시쓰기의 육화를 실행하고 있는 시적 화자에게 시쓰기 작업은 자기 자신의 체현이라고 할 수 있으므로, 시쓰기의 "欠谷"은 시적 화자의 외현인 동시에 시쓰기의 형상화이다. 이는 앞의 시 「올페」에서 살펴본 것과 같은 오르페우스적 시쓰기 공간이다. 시쓰기와 자기 자신의 동질화 속에는 매순간 죽음을 살아가는 화자의 실존적 수행이 뒷받침되어 있다.

　　담배 붙이고 난 성냥개비불이 꺼지지 않는다 불어도 흔들어도
　꺼지지 않는다 손가락에서 떨어지지도 않는다.
　　새벽이 되어서 꺼졌다.
　　이 時刻까지 무엇을 하며 살아왔느냐다 무엇 하나 변변히 한
　것도 없다.
　　오늘은 찾아가보리라
　　死海로 향한
　　아담橋를 지나

　　거기서 몇 줄의 글을 감지하리라

　　遼然한 유카리나무 하나.
─「詩作노우트」 전문

　시적 화자가 어둠 속에서 우연히 겪게 된 "성냥개비불"의 사건은 그의 내면에 자기 존재 가치와 의미에 대한 끈질긴 의식의 불을 밝힌다.

담뱃불을 붙이기 위해 무심히 그은 성냥개비 끝에서 화자는 자신을 향해 묻고 있는 자의식의 빛을 발견하며, 그 불은 "불어도 흔들어도 꺼지지 않"고 "손가락에서 떨어지지도 않"은 채 "새벽"까지 지속된다. 시적 화자는 갑작스런 이 사건으로 인해 자신의 내부에 던져진 존재 물음에 눈뜨며 "이 時刻까지 무엇을 하며 살아왔느냐"라는 자기 성찰에 직면한다. 그는 괴로운 검증의 시간을 거쳐 마침내는 아무것도 "변변히" 이룬 것이 없는 자신의 실체를 승인한다. 그리하여 "무엇 하나" 완성한 것이 없는 화자가 "새벽이 되어서" 그 고뇌의 마지막에 내린 해답은 "몇 줄의 글을 감지하"기 위해 탐색의 길을 떠나는 것이다. 존재의 참된 획득을 위해 "오늘은 찾아가보리라고" 다짐하는 시적 화자의 태도는 언제나 진정한 시를 추구하는 시인의 본질이다. 시쓰기는 확정된 작업이 아니라 탐구의 여정이므로 시인은 자기 소멸을 걸고 무한한 출발의 긴장감에 몸을 맡긴다. 이 여정은 무엇보다도 자기 자신에게로 향하는 시간인 동시에 진정한 시의 구현이자 진정한 죽어감의 추구로서 드러난다.

화자는 "몇 줄의 글을 감지하"기 위한 시쓰기의 장소로서 "死海"를 향한다. 사해는 이스라엘의 염해로서 소금 등 화학성분의 농도가 높아 부력은 있으나 물고기가 살지 못하는 죽음의 바다이다. 따라서 시적 화자에게 진정한 시쓰기의 공간은 죽음을 의미한다고 볼 수 있는데, 이는 "~(하)리라"라는 어조에 담긴 의지로서의 미래 시제로 반복해서 드러난다. 이것이 의미하는 바는 시쓰기가 지금 끝나지 않는 끊임없는 미종결의 시간이라는 사실이다. 그러므로 시쓰기는 "죽음의 체험이자 또한 죽음의 공간에로의 끊임없는 불가능한 접근"[85]이라고 할 수 있다.

이러한 사정은 시의 마지막 연에서 "遼然한 유카리나무 하나"의 이미지로 확인된다. "유카리나무"는 유칼리나무(유칼립투스eucalyptus)를

---

85) 위의 책, p. 395.

가리키는데 이는 오스트레일리아의 100미터가 넘는 거대한 수목이다. 이 나무는 장대한 모습이 경관을 이루며, 오래되어 길게 갈라진 나무껍질을 수의처럼 걸치고 침묵 속에 뻗어올라 있는 모습은 죽음 이미지 그 자체라고 할 수 있다. 멀지만 밝고 뚜렷하게 보이는 "유카리나무 하나"는 시쓰기의 완성에 다가가는 화자의 도달점을 표시하며, 그에 앞서 시인 자신이 죽음과 자유로운 관계를 맺고 있어야만 진정한 시와 죽음에 다다를 수 있으리라는 전망을 보여준다. 이는 시를 통해 죽음을 살아가는 것이지만, 시인에게는 참된 "몇 줄의 글을" 만나는 구원이 된다.

따라서 이러한 시쓰기의 체험에 이르기 위한 길이 "아담橋를 지나"는 것은 대단히 의미심장하다고 여겨진다. "아담"은 최초의 인간으로서 순결한 상태와 죄지은 상태가 이중으로 구현되어 있는 존재이다. 시쓰기의 여정에서 죽음의 괴로움에 몸을 담그는 시적 화자는 궁극적으로는 시쓰기의 구원을 향해 나아가는 이중성을 지니므로 "아담橋를" 건너면서 죄에서 순결한 구원으로 거슬러 올라가는 것이다. 특히 "아담橋"라는 다리의 의미는 순결과 죄악, 삶과 죽음, 과거와 미래의 경계를 잇는다는 데 있다. 따라서 이 다리를 건넌다는 것은 그 동안 "무엇 하나 변변히 한 것도 없다"는 사실에 대한 죄의식을 씻는 가능성으로서의 죽음 수행이 된다.

이와 같이 시적 화자에게 시쓰기의 공간은 죽음을 잉태하는 시간 자체이며 이는 계속적으로 진행되어야 할 자기 소멸과 자기 확인의 교차점이다. 시적 화자가 매순간 결의하는 시쓰기의 이상은 "어머니 나는 아직 살아 있다고/ 세상에 남길 만한/ 몇 줄의 글이라도 쓰고 죽는다고/ 그러나/ 아직도 못 썼다고"(「어머니」) 부르짖는 절박함에서 재확인된다. 그에게 시쓰기는 죽음을 걸고 이룩되는 미종결 자체이며 이 탐구의 시간은 삶의 모든 것을 관통하고 있을 뿐만 아니라 죽음 너머로까지 투사되는 속성을 보인다. 이러한 사실은 시쓰기를 통해 시간이 더 이상 위협적인 원인이 되지 않을 수 있음을 말해 준다.

> 소년기에 노닐던
> 그 동뚝 아래
> 호숫가에서
> 고요의
> 피아노 소리가
> 지금도 들리다가 그친다
>
> 사이를 두었다가
> 먼 사이를 두었다가
> 뜸북이던
> 뜸부기 소리도
> 지금도 들리다가 그친다
>
> 나는 나에게 말한다
> 죽으면 먼저 그곳으로 가라고.
>
> —「글짓기」전문

이 시에서 시적 화자는 현재의 시점에 있으면서 과거와 미래가 회합된 시간의식을 보여준다. 화자는 과거지향적 의식을 통해 "소년기에 노닐던" 장소와 "피아노 소리"의 흐름을 감지해낸다. 특히 먼 과거에 들렸던 "피아노 소리"와 "뜸부기 소리"가 "지금도 들리다가 그친다"라고 말하는 것은 시적 화자의 현상태에 과거의 흔적들이 보존되어 있다가 계속적으로 내부에서 조정되고 있음을 의미한다. 과거의 경험들이 스스로의 시간성을 가지고 현재의 입각점에서 통합적으로 조망되고 있는 셈이다. 이러한 의식의 작용을 통해 시적 화자는 무한한 평화를 누리는데,

이는 과거의 자아가 현재로 복원되면서 자아의 통합적 조정이 일어나기 때문이다. 이 변형의 과정이야말로 시간의식의 본질적인 부분[86]이라고 할 수 있다.

시적 화자는 의식의 자기 조정을 거친 상태에서 다시 죽음 이후로 투사된 자기 자신에게 "죽으면 먼저 그곳으로 가라고" "말한다". 이는 자신의 죽음이라는 미래의 사건을 현재화하고 이 현재를 다시 본원적 자아로 수렴시키는 행위이다. 즉, 시적 화자가 가리키는 "그곳"은 특정 장소라기보다는 자아의 미래와 과거와 현재가 조정 통합되고 복원된 평화로운 상태를 의미한다. 더욱이 이 시의 제목이 "글짓기"임을 고려할 때 시적 화자의 시간적 재조정과 변형 및 극복이 곧 글쓰기 행위임을 알 수 있다. 글쓰기의 시간은 죽음 너머로 투사된 자아가 시간의 일직선적 편향성을 극복하고 통합적 자아를 회복하는 시간인 것이다. 따라서 진정한 시를 추구하는 시적 화자에게 시쓰기의 시간은 계속적인 죽음의 시간이며, 궁극적으로는 시간의 폭력성을 극복하고 자아의 조정을 이루는 생성의 시간이라고 요약할 수 있다.

3) 음악의 공간화

음악은 환상적 공간을 창조하는 힘을 지니는데, 이는 예술이 공간이나 시간 속에 환상을 건설할 수 있기 때문이다. 이에 관해 랭거(S. K. Langer)는 순수한 시간예술인 음악을 중심으로 그 환상성에 관해 분석하고 있다. 그에 의하면 음악의 울려퍼지는 시간적 경과는 듣는 이에게 일차적 환상을 불러일으켜 자유롭고 조형력 있고 지각가능한 것이 된다. 이는 음악의 이차적 환상, 곧 공간을 조성하는데 이들 일차·이차

---

86) 김영민, 『현상학과 시간』(까치, 1994), p. 74 참고.

환상은 모두 실제 경험의 공간과는 연관되어 있지 않은 '가상'이다. 그리하여 일차 환상은 언제나 예술작품의 참된 본질을 결정하고, 이차 환상은 이론적 그물에 붙들리지 않는 풍부함과 융통성과 창조의 폭넓은 자유를 가져다 준다.[87) 따라서 음악은 환상적 공간을 조성하는 추동력이 되며, 가상에 대한 동경을 낳을 뿐 아니라 환상이 개입하는 것을 가능하게 한다. 이것이 바로 자유롭게 하는 음악의 정신이라고 할 수 있을 것이다.

시간의 부정적인 면을 해소시키는 자유로운 정신으로서 음악이 김종삼 시에서 차지하는 비중은 대단히 크다. 시인은 1963년 동아방송(지금의 KBS 제2방송)에 입사하여 1973년에는 10년 근속표창을 받고, 1976년 정년 퇴직하기까지[88) 음악으로 삶을 유지했다고 말할 수 있을 정도로 음악의 정화력에 심취한다. 음악은 특히 감각적 실재 너머의 정신적 실재를 느끼도록 해주기 때문에 시인이 집중한 죽음의 문제에 있어서도 시간의 고통을 넘어서고 치유하는 것으로 나타난다. 음악의 경험은 듣는 사람을 자유롭게 하며 내면적 질서에 참여하게 하는데, 시간예술로서의 음악은 시에서 공간의식과 결부되어 드러난다.

> 한 老人이 햇볕을 쪼이고 있었다
> 몇 그루의 나무와 마른 풀잎들이 바람을 쏘이고 있었다
> BACH의 오보의 主題가 번지어져 가고 있었다 살다보면 자
> 비한 것 말고 또 무엇이 있으리
> 갑자기 해가 지고 있었다
> ─「留聲器」 전문

---

87) S. K. Langer, 『Feeling and Form』(Charles Scribner's Son; New York, 1953), pp. 113-119 참고.

88) 장석주 편, 앞의 책, p. 324의 김종삼 연보 참고.

시에 펼쳐져 있는 평화로운 공간은 축음기에서 흘러나오는 음악으로 가득 채워져 있다. "한 老人"과 "몇 그루의 나무와 마른 풀잎들"은 시간의 급한 속도감에서 한 발자국 비켜 서 있는 존재들로서 "BACH의" 음악과 상호 교감을 누린다. "햇볕을 쪼이"거나 "바람을 쏘이고 있"는 이들 존재는 음악의 선율에 몸을 맡기고 있는 상태이며, 따라서 "햇볕"과 "바람"은 음악의 구체적 이미지라고 할 수 있다. "번지어져 가고 있"는 "BACH의 오보의 主題"의 음색은 존재의 그늘에 빛과 자유로운 바람결을 실어다 준다. 음악을 통해 이들은 보이는 것의 직관 속에서보다 오히려 보이지 않는 것에 대한 교감 속에서 빛나고 있다고 할 수 있다. 그러므로 음악의 진실성은 "살다보면 자비한 것 말고 또 무엇이 있"겠느냐는 깨달음으로 이어진다. "자비"란 모든 살아있는 것에 대한 사랑과 연민을 뜻하는데, 이는 삶이라는 것이 근원적으로 괴로움에 결부되어 있음을 인정하는 태도이다. 더욱이 "자비한 것 말고"는 다른 어떤 것이 삶을 부양할 수 없다는 인식은 단순한 개인의 감동의 한계를 넘어서는 보편적 믿음에 이어져 있다.

이같은 깨달음에는 살면서 이루어야 하는 존재의 성숙 과정에 대한 인내와 신뢰가 담겨 있는 것으로 보인다. 인내는 삶의 시련을 견디고 바라는 것이며 "자비"는 사랑의 행위를 의미하므로, 이러한 자세 속에는 시간이나 모든 존재에 대한 개방성이 포함된다. 닫힌 시간의 폐쇄성으로써는 "자비한 것"에 이를 수가 없기 때문이다. 그러므로 이 시의 마지막 연은 "갑자기 해가 지고 있었다"라는 구절로 나아가는데 이는 시간의 흐름에 개방된 상태를 의미한다. 시간의 흐름 자체인 음악에 의해 화자가 일몰의 시간을 인식한 것은 "한 老人"에게 다가올 죽음까지도 수용하게 됨을 의미한다. 앞 장에서 살펴본 대로 김종삼 시의 화자들은 현실의 고통으로 가득 찬 세속적 시간을 흐르지 않고 정지한 것으로 인식한다. 죽음의 세속성이 강조될 때 시간은 한없이 닫히고 정지되어 있는 것이다. 이 시에서 시간의 흐름이 부정되지 않고 긍정적으로 수용된 것은 음악에 의해 고양되고 자유로워진 정신 상태를 표방한다. 이는 구체적으로 오보에의 음색이 석양을 연상시키는 까닭에 음악을 듣는 이로 하여금 "해가 지고 있"는 상태를 갑작스럽게 자각하도록 이끈 것이라고 할 수 있다. 다시 말해, 현실의 괴로움을 인정하는 화자에게 삶의 "자비"와 시간의 개방성을 발견하도록 한 것은 음악의 힘이다. 이와 같이 음악은 흘러가는 시간 자체로서 시간의 고통과 폐쇄성을 넘어서게 해주는 동인으로 작용한다.

음악에 의해 시간의 폐쇄성 극복 가능성이 확보된다는 것은 음악이 현실 극복의 한 방식이 된다는 의미이다. 이는 음악이 다른 예술과 달리 현상의 모사가 아니므로 "그 완전한 무제약성 때문에 형상이나 개념을 필요로 하지 않으며", "음악이 상징하고 있는 영역은 일체의 현상의 피안에, 일체의 현상 이전에 있기 때문"[89]이다. 음악은 이성의 질서가 아니라 마음의 질서에 속하고 음악을 듣는 이에게 세계를 더욱 내면적으로 보게 하는 힘이 된다. 이로써 세계에는 내면적 형체가 부여되며 공간은 시간예술인 음악에 의해 새롭게 변형되기 시작한다.

> 오늘은 용돈이 든든하다
> 낡은 신발이나마 닦아 신자
> 헌 옷이나마 다려 입자 털어 입자
> 산책을 하자
> 북한산성행 버스를 타 보자
> 안양행도 타 보자
> 나는 행복하다
> 혼자가 더 행복하다

---

89) Friedrich Wilhelm Nietzsche, 『비극의 탄생』, 곽복록 역(범우사, 1984), p. 69, 70.

102

이 세상이 고맙다 예쁘다

긴 능선 너머
중첩된 저 산더미 산더미 너머
끝 없이 펼쳐지는
멘델스존의 로렐라이 아베마리아의
아름다운 선율처럼.

—「행복」전문

　　"낡은 신발"과 "헌 옷"을 차려 입은 시적 화자는 집을 나서면서 "오늘은 용돈이 든든하다"라고 중얼거리고 있지만 사실상 그의 차림새는 넉넉한 사람의 모습은 아니다. 그럼에도 불구하고 화자가 현실의 고달픈 걷기에서 벗어나 유유히 "산책을 하"거나 "북한산성행 버스", "안양행" 버스를 "타 보자"고 하는 것은 그만큼 정신의 해방을 누리고 있음을 뜻한다.

　　시적 화자에게 이같은 자유가 주어진 것은 시의 첫 행에 명시된 대로 오늘따라 "용돈이 든든하"기 때문인지도 모른다. 그러나 가난한 평소의 그에게 넉넉한 용돈이라는 것은 그다지 많은 액수가 아닐 것이며 이는 소유에 의해 화자의 자유가 확보된 것이 아님을 보여준다. 정작 시적 화자가 혼자이면서도 "나는 행복하다"라고 중얼거리는 원인은 시의 후반부에 가서 분명해진다. 말하자면 화자가 누리는 "행복"의 근원은 "멘델스존의 로렐라이 아베마리아의/ 아름다운 선율처럼" "이 세상이 고맙"고 "예쁘"게 변형되어 있기 때문이다. 그는 "긴 능선 너머" 부드러운 곡선으로 이어져 있는 자연을 보면서 "멘델스존의" 우아하고 "아름다운" 음악을 떠올린다. 이로써 시적 화자는 "이 세상"에 내면적 형체를 부여하고 음악의 흐름을 공간 속에 뿌리내리고 있는 것이다. 음악에 의해 그의 가난이나 남루는 문제시되지 않고 공간화된 "선율"에 의해 세계와 시적 화자 자신은 구제받고 있다. 이는 고통 없는 직관 속에 밝게 "펼쳐지는" 환상과도 같은 새로운 세계이다. 그리하여 시적 화자에게 묻어 있는 일상의 누추함은 음악 속에 반영되었다가 음악이 불러일으키는 환상적 자극에 의해 공간의 형상을 얻어 변형된 것이다.

이밖에도 김종삼 시의 화자는 현실 세계에서는 이미 죽고 없는 작곡가들이나 시인들을 만나는 환상적 경험을 자주 보여준다. 이는 그 빈번한 출현과 생생한 감각으로 보아 단순한 환상으로서가 아니라 음악을 통해 보이지 않는 실재들을 만나는 경험으로서 창조된 것이다. 인간의 눈은 보이는 것에 거주하지만 마음은 보이지 않는 것에 거주한다고 할 수 있다. 이러한 마음의 질서만이 인간을 타인에 대해 현존하도록 하기 때문에 마음의 눈을 지닌 시인은 이미 고인이 되어 보이지 않는 사람들을 실재하는 것과 같이 만난다. 이같은 정신은 자의적이거나 우연적인 것이 아니고 반드시 내면적 필연성을 지니고 있으며, 시인의 경우에는 음악을 통한 만남으로 구체화되고 있다.

한 귀퉁이

꿈 니라의 나라
한 귀퉁이

나도향
한하운씨가
꿈 속의 나라에서

뜬구름 위에선
꽃들이 만발한 한 귀퉁이에선

지그문트 프로이트가

> 구스타프 말러가
> 말을 주고받다가
> 부서지다가
> 영롱한 달빛으로 바뀌어지다가
>
> ─「꿈 속의 나라」 전문

이 시에서 시적 화자는 "꿈 속의 나라"에서 "나도향" "한하운씨"가 만나고 "지그문트 프로이트"와 "구스타프 말러"가 만나는 장면을 목격한다. 나도향(1902-1927)과 한하운(1919-1975)의 생몰연대를 참고하고 그들의 성장 환경을 비교해 본다고 해도 두 문인이 현실 세계에서 실제로 만났을 가능성은 희박하다. 나도향이 서울에서 「물레방아」, 「벙어리 삼룡이」 같은 대표작들을 발표하던 1925년 즈음 한하운은 어린 시절을 함흥에서 보내고 있었다.[90] 그러므로 이 시에서의 만남은 가상이며, 만남의 공간은 "꿈 나라의 나라/ 한 귀퉁이"와 같이 현실에서 먼 장소이다. 한하운은 나병 시인으로서 젊은 시절에 발병한 천형의 병고로 인하여 방랑과 좌절의 시간을 견딘 인물이다. 그의 고독과 숙명에 대한 태도는 시로 구현되어 남다른 세계를 드러내었는데, 그가 "꿈 속의 나라에서" 다른 문인을 만난다는 것은 그의 수치스러운 질병이 치유되었음을 뜻한다.

한편, "꽃들이 만발한 한 귀퉁이에선" 작곡가 "구스타프 말러가" 정신분석학자 "지그문트 프로이트" 박사를 만나 대화하고 있는 장면이 펼쳐진다. 특별히 "구스타프 말러"는 시인 자신이 영향을 받았다고 직접 언급할 정도로(「音域」) 애정을 가진 작곡가이다. 완벽하고 순수한 작품을 만들어 내겠다는 집념으로 진지하고 성스러운 예술적 의지를 구체화한 작곡가 말러는 1910년 당시 내적 위기에 몰려 프로이트로부터 정신

---

90) 김용성, 『한국현대문학사탐방』(현암사, 1984), p. 494 참고.

분석 진찰을 받은 적이 있다. 이러한 만남이 있기 전부터 두 사람은 서로 면식이 있는 사이였으며, 말러가 빈 궁정 오페라의 감독으로 있으면서 언론과의 불화와 비난이 절정에 달해 뉴욕으로 떠날 때도 그의 편에 있었던 인물들 가운데 하나가 프로이트였다.[91] 이들이 현실에서 나눈 대화는 한 예술가의 내적 모순과 한 정신분석학자의 엄밀한 진단에 관한 것이었을 것이다. 그러나 "꿈 속의 나라"에서 이들이 "주고받"는 대화는 파장과도 같이 퍼지기도 하고 "부서지다가/ 영롱한 달빛으로 바뀌어지"기도 한다. 시적 화자에게 음악의 이미지가 빛과 물로 자주 형상화된다는 사실[92]을 고려한다면 "영롱한 달빛"은 음악이 공간화되어 흐르는 것을 암시한다고 볼 수 있다. "음악적 존재는 현존이요, 영생의 한 방식이요, 보편적 표현에 있어 감동"[93]이므로 이들의 대화는 죽음이 없는 존재의 충만한 자유라고 할 수 있다. 이는 음악이 현실의 근원적 고통을 넘어서게 하는 환상 공간을 형성하기 때문에 가능하다.

현실에서는 만난 적도 없는 나도향과 한하운의 만남, 서로 교분이 있었던 프로이트와 말러의 대화는 이처럼 음악의 환상 공간에서 이루어진다. 환상 공간에 대한 표현이 추상적이지 않고 생생한 실감을 불러일으키는 것은 음악 속에 반영된 가상이 실제로 시적 화자의 눈앞에 나타났음을 증명한다. "참다운 시인에게 비유는 단순한 수사적 형용이 아니라 개념 대신에 실제로 그의 눈앞에 떠오르는 대표적 형상"[94]의 체험이기 때문이다.

---

91) Wolfgang Schreiber, 『말러』, 김원명 역(삼호출판사, 1994), pp. 115-145 참고.

92) 빛과 물의 이미지가 현실의 고됨을 구제하는 음악 이미지로 구체화되어 있는 시로는 「아프리에 幻想」, 「따뜻한 곳」, 「물桶」, 「그럭저럭」, 「形」, 「掌篇·4」, 「G·마이나」, 「라산스카」 등이 있다.

93) 김형효, 앞의 책, p. 37.

　음악적 공간에 대한 체험은 김종삼의 시 도처에서 발견되는데, 시적 화자는 그 환상 속에서 "난쟁이 畵家 로트렉끄氏"(「샹뺑」), "스티븐 포스터"(「스와니江」, 「꿈의 나라」), "金素月"(「꿈 속의 향기」), "金洙暎"(「詩人學校」, 「새벽」), "빅톨 위고", "발자크", "프리드리히 쇼팡"(「사람들」), "세잔느"(「샹뺑」), "趙芝薰", "朴木月", "張萬榮"(「새벽」), "작곡가 尹龍河"(「추모합니다」), "후란츠 슈베르트 · 루드비히 반 베토벤"(「연주회」) 등 화가와 작곡가와 시인, 작가들을 만난다. 음악의 환상 공간을 통해 고인이 된 사람들을 만나는 삶의 방식은 이로써 죽음과 생의 고통을 극복하는 방향으로 나아가며, 죽음의 숙명으로 이어진 현실 속의 사람들과도 유대 관계를 맺도록 해준다.

　더욱이 시적 화자는 "아인슈타인에게 인간의 죽음이 뭐냐고/ 묻는 이에게 모짜르트를 못 듣게 된다고/ 모두 모두 平和하냐고 모두 모두."(「對話」)라고 말하는데, 여기에는 음악과 죽음의 측면에서 유대 관계로 묶인 인간들에 대한 안부가 드러나 있다. 이는 인간은 모두가 죽어야만 하는 존재라는 무상성에서 비롯된 유대감과 더불어 음악을 사랑하고 그 음악을 듣는 모든 사람들이 단순한 개인의 감동을 넘어서서 존재론적 공동체를 이룬 유대감이다. 자기 존재의 무상성은 타인들의 죽음에 대한 경험에서 말미암는 까닭에 죽음의 전체적인 문제를 파악하기 위해서는 고립된 개인의 죽음에만 집중해서는 안 된다. 타인과 자기 자신은 다같이 죽음의 문제에 묶여 있기에, 이러한 공감은 타인과 같이 괴로워하고 모든 형태의 이기심을 거스르는 현상으로 나타난다. 시적 화자가 죽음 이후에는 모차르트의 음악을 듣지 못하게 될 모든 인간들을 향해 음악으로 인한 내적 평정을 누리기를 바라는 것은 바로 이와 같은 이유에서이다.

---

94) Friedrich Wilhelm Nietzsche, 앞의 책, p. 81.

　이러한 유대감에 근거하여 시인은 가난하고 선량한 이웃을 환대하며
이로써 현실 세계에 대해 폐쇄적으로 되지 않고 개방적으로 나아간다.
이는 김종삼 자신이 타인의 죽음에 대한 관심을 고수해온 결과, 시간
속에 배태된 죽음 및 타인을 포함한 자아의 실존적 시간성을 완성하게
되는 방향으로 귀결된 것이다.

> 볼프강 아마데우스 모짜르트의
> 아름다운 플루트 협주곡이
> 녹음이 짙어가는
> 초여름 햇볕 속에
> 어느 산간 지방에
> 어느 고원지대에
> 가난하여도 착하게 사는 이들 사이에
> 떠 오르고 있다
> 빛나고 있다
> 이런 때면 인간에게 불멸의 광명이라는
> 것이 무엇인가를
> 조그마치라도 알아 낼 수는 없지만
> 그저, 상쾌하기만 하다.
> 　　　　　　　　　　　　　　—「음악」 전문

　음악의 여운이 밝게 "떠 오르"는 빛의 세계로 형상화되어 있는 이
시의 모티브는 모차르트의 "플루트 협주곡"이다. 모차르트는 완벽한 아
름다움에 대한 절대적 애정을 표현한 작곡가로서 이 협주곡은 선율 악
기인 플루트를 위한 것이므로 그 기교가 대단히 뛰어나고 리드미컬하다.
이 곡은 서정성이 작품 전체에서 빛나고 있을 뿐 아니라 순수한 영혼의
경지로 이끄는 환희가 주도적으로 전개된다. "녹음이 짙어가는/ 초여름
햇볕"이나 "어느 산간 지방"이나 "어느 고원지대"는 선율의 활발하고

지고함을 표현한다. 이 섬세함은 "가난하여도 착하게 사는 이들 사이에"서 그 깊이의 절정에 이른다. 즉, 선량한 그들은 현실 속에서 성스러움을 구축해 가는 존재들로서, 그들 각자는 가난한 생활의 어려움에 노출되어 있으면서도 정신적 동질감으로 결속되어 있다. 그들의 신성함은 음악의 유대감과 함께 현실의 승화로서 "떠 오르고 있"으며, 궁극적으로는 쇠퇴와 소멸에 이를 인간의 운명마저 해소할 실마리가 된다.

신성한 존재들이 죽음을 정립하고 극복하는 과정에 대해서는 앞 장에서 이미 살펴본 바와 같지만, 이러한 극복이 음악과 더불어 이루어질 때 시적 화자는 삶의 평화를 느낀다. 이는 "인간에게 불멸의 광명이라는/ 것이 무엇인가를/ 조그마치라도 알아 낼 수는 없"는 상태에서 이루어진다. 따라서 평화와 구원의 "상쾌"함은 인간에게서 죽음이 사라졌기 때문에 환기된 것이 아니라 음악에 의해 승화된 정신의 깊이가 인간을 죽음으로부터 해방시켜 주었기 때문에 가능하다. "가난하여도 착하게 사는 이들 사이에/ 떠 오"른 공동운명체로서의 유대의식은 시간예술인 음악에 의해 강화되며 이러한 유대감은 죽음을 목전에 둔 인간 모두를 맺어주고 자유롭게 한다. 이는 개별적인 시적 화자가 자신의 종말만을 응시하는 것이 아니라 죽음에서 비롯된 세계 내적 괴로움을 덜어야 하는 모든 인간의 공통된 과제 앞에서 자신의 죽음 이상의 것까지 사유할 수 있게 됨을 뜻한다.

이와 같은 죽음의 개방적 인식은 화자 자신이 지금껏 존재해온 것과 마찬가지로 타인 역시 실존적 역사성을 이루며 존재해 온 것임을 인정하고 타인의 시간을 자기 내부에 결속시켜 수용하는 자세이다. 따라서 시적 화자는 타인의 죽음에 대한 인식과 음악의 유대감을 통해 시간의 확장과 개방성을 이룩하는 것이다. 이는 시작 활동의 초기부터 견지해 온 시적 화자의 죽음에 대한 문제의식의 결과이며 음악의 환상적 공간화 작용이 이루어 놓은 시간의 극복과 변형으로서 의의가 있다.

3. 상상적 기억 구조

김종삼 시의 화자가 부단한 현재성 속에서 죽음을 인식하고 조정해 나가는 과정은 시간과 자아의 통일성과 개방성을 회복하는 여정이라고 요약할 수 있다. 시적 화자는 의식 속에서 매순간 현실화되는 죽음으로 인해 시간의 세속성과 영속적인 폐쇄성을 자각하였다. 그리하여 죽음을 동반하는 것으로서의 시간이 세속적인 만큼 시간 속에서 성장하고 의미를 추구하는 자아 또한 시에서 부정적인 것으로 드러난다. 이와 같은 사실은 자아가 모든 경험의 구성적 근거인 시간성의 구조를 지니고 있기에 시간에 대한 인식은 곧 자아에 대한 인식과 상통함을 증명한다.

시간과 자아에 대한 부정적 인식으로부터 출발한 김종삼은 자신의 내적 결핍을 해소하기 위한 의식의 변형과 다른 시간에 대한 지향을 드러낸다. 의식이 끊임없이 행위의 시간에 속하고 어떤 것을 지향한다는 것은 인간이 시간 속의 존재라는 의미이며 인간 자신에게 결핍된 무엇인가가 있다는 의미이다. 시간 속의 결핍된 존재로서 시적 자아는 시간의 세속성을 전혀 새로운 질적 차원으로 승화시킬 숭고한 사람들이나 축제의 시간에 참여한다. 이때 시간의 성화를 경험하는 일인칭 화자는 체험의 일부로서 시인 자신과 동일시되어, 고백적이고 자전적인 목소리의 발성을 보여준다. 이로써 시적 화자의 죽음에 대한 의식 변화의 과정은 시인 자신의 실존적 자아가 겪는 시간성으로 표출된다. 따라서 죽음의 고통이 실존적 깨달음으로 이어지고 그러한 반복이 성실한 과정을 거칠 때 그것은 시인 자신의 자아정립과 육화된 죽음의 구현으로 드러나는 것이다.

김종삼은 죽음에 대해 언제나 고정적인 태도를 취하지 않고 의식의 변화에 따라 죽음과 상보 관계를 맺는다. 이는 죽음과 시간이 자아와 더불어 성장하며 자아화, 내면화되어 있다는 의미이다. 죽음이 시간화와 무관할 수 없다는 사실은 김종삼 시에 나타나는 선험적 결의성의 의미를 파악할 때 분명해진다. 죽음을 앞질러 인식하는 선험적 결의성에 의해 시의 화자는 자기 존재의 미래, 과거, 현재를 총체적으로 통합하여 이해하고 죽음을 내면화한다. 이로써 죽음에서 기인한 실존의 문제는 시간과 자아의 통일성을 회복하고 시적 화자의 자기정체성을 정립하는 문제가 된다. 이러한 육화된 죽음의 체험은 매순간 새로운 시간화의 국면을 띠고 나타나는데 이는 곧 죽음에 대한 미적 모더니티 의식이라고 이해할 수 있다. 미적 모더니티 의식은 매번 새롭게 정립되면서 창조되는 시간의식으로서 작용하기 때문이다. 시의 화자는 이러한 의식 과정 속에서 새로운 자아를 조성하고 시간의 성숙에 도달하며, 이러한 의식의 조정이야말로 시간의식의 본질적 역동성이라고 할 수 있다.

　이같은 의식 하에 진행된 시쓰기는 죽음의 육화로서 영원히 종결되지 않는 불확정성의 시간이자, 일직선적 시간의 편향성을 극복하고 자아의 조정을 이루는 생성과 변형의 시간이 된다. 한편, 죽음의 고통에서 기인한 시간의 폐쇄성은 음악의 공간화에 의해 극복되는데, 이때 음악은 시간의 흐름 자체로서 공간을 변형시키고 죽음의 무상성에 사로잡힌 인간 사이의 유대감을 강화시킨다. 이로써 시적 화자는 자신만의 죽음에 국한되지 않고 타인의 죽음이 지닌 실존적 역사성을 수용하여 시간의 개방성에 참여하게 된다. 이와 같은 시적 성취는 시간의 변형과 재창조로서 구현되고 부단히 새롭게 조정되면서 결과적으로는 시간의 획일성과 동질성을 청산하게 된다.

　이때 의식 작용에 있어 근본 토대가 되는 것은 상상력이라고 할 수 있는데 김종삼의 경우 음악의 공간화 현상 역시 의식의 상상적 움직임의 결과이다. 상상력은 가공되기 전의 체험 자료에 형태와 모습을 부여함으로써 창조적 작업을 수행해 나가는 구실을 한다. 이러한 상상력은 인간의 근본적이고 보편적인 욕구와 필요성에 따라 이미지를 창안하기 때문에 인간 실존이 지닌 본질적 특성이 된다. 김종삼 시의 상상적 측면은 특히 기억과의 관계 속에서 두드러지는데 여기에서 시간의식의 변형이 나타난다.

> 온 終日 비는 내리고
> 가까이 사랑스러운 멜로디,
> 트럼펫이 울린다
>
> 二十八년 전
> 善竹橋가 있는
> 비 내리던
> 開城,
>
> 호수돈 高女生에게
> 첫사랑이 번지어졌을 때
> 버림 받았을 때
>
> 비옷을 빌어 입고 다닐 때
> 寄宿舍에 있을 때
>
> 기와 담장 덩굴이 우거져
> 온 終日 비는 내리고
> 사랑스러운 멜로디 트럼펫이
> 울릴 때
>
> ─「비옷을 빌어 입고」 전문

음악이 기억의 동인이 되어 화자의 과거가 현재화되고 있는 이 시는 인간의 의식 상태가 시간의 차원에서 상호 침투하는 특성이 있음을 보여준다. 기억은 시간의 비가역성을 가역화함으로써 물질적 흐름의 완고함을 극복하는 능력이다. 따라서 생명체, 특히 인간에게 있어서 과거는 흘러서 사라져 버리지 않고 현재에 유지되며 이로써 의식 세계는 매순간 새로운 질적 변화를 탄생시킨다.[95]

　시적 화자는 현재, "가까이 사랑스러운 멜로디,/ 트럼펫이 울"리는 소리를 듣는데 이는 사실 "二十八年 전"의 기억이 지각된 경우이다. 이는 과거의 단순한 회상과 달리 지각적 현재성을 획득하고 있기에 "호수 돈 高女生에게/ 첫사랑이 번지어졌을 때/ 버림 받았을 때", 그리고 "비옷을 빌어 입고 다닐 때/ 寄宿舍에 있을 때"의 경험이 현재의 시적 화자에게로 차츰 수렴되고 있는 모습을 보인다. 기억의 현재적 수렴은 "온 終日" 내리는 빗소리와 함께 "트럼펫"의 "사랑스러운 멜로디" 소리가 울려 퍼지는 것을 통해 시적 화자의 내면에 침윤됨으로써 이루어진다. 이러한 기억의 작용은 지금 부재하는 어떤 것을 지향함으로써 추억 속에 떠오르는 것이 아니라, 현재적 경험 속에 현전하는 의식 구성 요소의 활발한 기능에 의해 가능하다.[96] 즉, 시적 화자의 의식 속에는 과거의 경험이 현재적 동시성을 지닌 채 지속되고 있는 것이다. 이러한 의식의 지속성을 근거로 현재의 화자는 질적 경험의 다양성을 내면화하고 있으면서 매순간 이질적인 시간성의 체험으로 재창조될 수 있다.

---

95) 김진성, 앞의 책, p. 53 참고.

96) 후설은 현상학적 시간 분석을 통해 과거의식을 두 가지 상이한 상태, 곧 파지(把持, retention)와 회상(回想, recollection)으로 구분하였다. 그에 의하면 파지란 특정 기억의 대상이 주제화되기 이전에 이미 선재하고 있는 시간적 배경의식의 총체로서 그 시간적 국면들은 현재와 연속성을 유지한다. 반면, 회상은 망각 속으로 떨어져 나가 현재와의 경험적, 의식적 연속성을 상실해 버린 부분을 단순히 떠올리는 행위이다. 따라서 현재의 의식 속에 현전하고 기능하면서 구성적 작용을 행하는 것은 파지적 의식이다.

이 시에서 과거의 기억이 현재화됨으로써 시간적 질서의 변형이 초래
된 것은 음악의 선율에 사로잡힌 시적 화자의 과거의식이 창조적으로
결합되었기 때문이다. 이와 같이 기억의 무수한 경험은 상상력에 의해
통합되거나 융화됨으로써 의식 주체인 자아의 통일적 구성으로 나아간
다. 상상력이란 하나의 새로운 세계를 재구성해 내는 창조적 원리이며
통합의 분위기와 정신을 확산시키는 통합력[97])이기 때문이다. 예술작품
을 구성하는 것이 경험 세계와 자아를 재구성하는 일이라고 한다면 이
같은 창조적 상상력의 작용은 새로운 자아 개념을 이끌어내는 데 중추
적 역할을 한다고 볼 수 있다. 다시 말해 김종삼 시의 화자는 현재화된
기억에 대한 상상적 태도를 통해 시간과 자아의 구조를 변화시킨다. 그
러므로 상상적 기억 구조는 죽음의 극복과 자아의 정립 과정에 중심 요
소가 된다.

이러한 기억 구조에 근거하여 성스러운 존재들과 시쓰기의 시간과 음
악의 작용을 거쳐 죽음을 극복하고 자아의 정립에 도달하는 시적 화자
는 매순간 죽음이라는 한계의 극점에서 시간의 변형에 참여한다. 죽음
에 대한 이같은 첨예한 의식의 긴장은 시적 화자가 시간을 상상적으로
재구성할 수밖에 없는 이유를 설명해 준다. 즉, 상상력의 작용으로 인해
죽음 앞의 시적 화자는 시간의 일방적 흐름을 재변성하고 해결힐 수 있
게 되기 때문이다. 이는 실재했던 과거의 기억마저 죽음에 물들어 있기
에 기억에 순응하기보다는 과거를 상상적으로 구성함으로써 죽음을 극
복하고자 하는 화자의 실존적 태도로 자연스럽게 발현된다.

사면은 잡초만 우거진 무인지경이다
자그마한 판자집 안에선 어린 코끼리가

---

97) R. L. Brett, 『공상과 상상력』, 심명호 역(서울대출판부, 1987), pp.
44-59 참고.

114

옆으로 누운 채 곤히 잠들어 있다
자세히 보았다
15년 전에 죽은 반가운 동생이다
더 자라고 둬 두자
먹을 게 없을까

—「虛空」전문

이 시에서는 "15년 전"의 과거가 "잠들어 있"는 "어린 코끼리"의 모습으로 표상됨으로써 현재 속으로 들어와 있다. 이때 시적 화자의 의식은 물질의 무상성에서 벗어나 있으며, 따라서 화자에게 반가움을 불러일으킨다. 그런데 이 과거는 "15년 전에 죽은" "동생"에 대한 것이므로 죽음과 맞물려 있는 것으로서, 시적 화자는 그 대상을 상상적 순수성 속에서 지각한다. 죽은 동생이 살아있을 때의 모습을 하지 않고 "어린 코끼리", 그것도 무기력하게 "옆으로 누운 채 곤히 잠들어 있"는 코끼리로 이미지화되어 나타난 것은 이 때문이다. 시적 화자는 이미 죽어버린 동생을 위해 아무것도 해줄 수 없는 안타까움과 죽음에 직면해 있는 자신의 내적 상태를 통해 동생을 상상적으로 꿈꾸어 재구성해 낸 것이다. 이때 코끼리가 전생을 기억하는 유일한 동물을 상징한다면, 코끼리의 잠 속에 깃들어 있는 동생을 알아보는 시적 화자는 기억을 재편성해 내는 상상력을 발휘하고 있다고 볼 수 있다.

이처럼 과거의 죽음을 상상적으로 창조해 내는 것은 바꾸어 생각해 본다면, 현실적 기억으로부터 벗어남을 의미한다. 인용한 시에서도 실재의 과거를 상상적으로 이미지화함으로써 시적 화자는 현재의 정서적 상실감으로부터 벗어나고 있다. 이와 같이 현재화되는 기억에 대한 상상적 작용은 시적 화자를 해방시키고 기억의 자유를 가져다 줌으로써 연대기적 시간 질서로부터의 해방감을 느끼도록 한다. 과거의 상상적 형상화는 허구 작용인 까닭에 결과적으로 "虛空"에 불과한 것이 된다 하더라도 시적 화자가 누리는 해방감은 고통에 대한 적절한 선회의 결과라고 해야 할 것이다.

시적 화자는 과거의 자신의 기억뿐만 아니라 실재하지 않았던 과거까지도 자신의 것으로 재구성함으로써 시간에 대한 역동적 의식을 보여준다. 이는 시적 화자에게 체험되지 않은 과거라 할지라도 의식 내부에 있는 기억의 무한성에 참여하는 상상적 방법을 통해 가능하다.

> 나의 막역한 친구
> 볼프강 아마데우스 모짜르트가
> 병고를 치르다가 죽었다 향년 32세
> 장의비가 없었다
> 동네에서 비용을 거두었다
> 부인이 보이지 않았다
>
> 묘지로 운구 도중
> 비바람이 번지고 있었다
> 점점 심해지고 있었다
> 하나하나 도망치기 시작했다
> 한 사람도 남지 않고 다 도망치고 말았다
> 볼프강 아마데우스 모짜르트.
> ―「實記」 전문

시적 화자는 "나의 막역한 친구/ 볼프강 아마데우스 모짜르트가/ 병고를 치르다가 죽었다"라는 사실로부터 출발하여 자신이 이 위대한 음악가의 장례식에 참석했던 기억을 기록하고 있다. 이 시에서는 장례식에 대한 시적 화자의 기록이 과거시제로 표현됨으로써 경험의 확고한 실재성을 확보하고 있다. "實記"란 실재의 사실을 적은 기록을 뜻하는데, 김종삼 시에서 화자의 목소리는 시인의 자기체험적 육성이기에 시적 화자는 사실상 모차르트가 생존했던 18세기에는 존재하지 않았음을 알 수 있다. 자신이 존재하지도 않았던 시대에 대한 경험을 회상한다는 것은 현실 세계에서는 있을 수 없는 일이다. 그러나 앞에서 밝힌 바와 같이 이러한 의식 작용은 내면적 필연성에 의해 이루어진다. 시적 화자는 타인의 죽음에 대한 기억이 실제로 체험한 것이냐 아니냐에 관계없이 순수하게 타인의 죽음에 동참하고 자기 존재를 재정립함으로써 죽음의 깊이를 내면에 채우고 있는 것이다. 실제로 경험하지 않았던 과거의 사건을 체험한 것으로 받아들이고 재구성한다면 과거와 함께 자기 존재 역시 다시 정립되는 것이기 때문이다. 이러한 의식의 움직임이 가능한 까닭은 시적 화자가 죽음에 직면한 내적 상태를 끊임없이 견지함으로써 자기 존재를 순수하게 상상하는 기억 구조를 갖추고 있기 때문이고, 시간의 비가역적 완고함과 객관성에 저항함으로써 현재의 물질적 흐름으로부터 벗어나기 때문이다.

상상적 기억 구조에 입각해 있음으로써 시적 화자는 죽음을 배태하는 직선적 시간의 불모성을 극복하고 과거를 재구성할 뿐 아니라 자기 존재를 재창조한다. 의식 작용에 의한 자아정립이란 시간의식의 본질적 역동성이므로, 이에 따라 시간의 획일적 흐름 또한 재구성된다. 이는 인간의 의식 속에서 경험과 관련된 시간이 끊임없이 정립되고 창조되는 과정과 생성으로서의 시간의식이다. 따라서 김종삼 시에 나타나는 상상적 기억 구조는 일직선적으로 전진하는 근대적 시간의 공허함을 극복하는 의식의 시간으로서 의의를 지닌다. 또한 시적 화자가 죽음을 언제나 다시 정립하고 죽음 수행의 과정을 끝이 열어둠으로써 자기 존재의 완성을 향해 나아가는 여정 자체는 미적 모더니티의 시간의식의 발현으로서 가치를 획득한다. 이를 통해 김종삼은 시간과 자아의 통일성과 개방성을 구현하고 창조와 생성으로서의 시간에 참여한 것이다.

Ⅳ. 존재와 탈역사화의 시간

김춘수는 시작 활동의 초기부터 소멸해 가는 존재의 무상성에서 비롯한 슬픔 및 객관적 시간의 무가치함을 인식함으로써 시간성을 극복하고자 하였다. 여기서 시간과 시간성은 구분되어야 할 필요가 있는데, 시간성은 시간 자체를 가리키는 것이 아니라 시간적인 특성을 의미한다. 객관적 시간성을 부정하는 김춘수의 허무적 태도는 존재를 재구성해 나가는 시의 편력 속에 구체화되며, 허무에 직면함으로써 오히려 허무를 극복하고 영원성에 도달하고자 하는 간절한 의지로 이어진다. 이는 존재에 대한 질문 안에서 '무'에 대한 질문을 감행하는 것이며 이러한 시적 태도야말로 허무주의를 적극적으로 극복하는 발걸음이 된다. 더욱이 이는 형이상학적 불안으로부터 존재 탐구의 지속적인 동력을 획득한 시인이 언어에서 확정적 의미를 제거하고 무의미시를 추구해 나간 의식의 기반이라고 할 수 있다. 이로써 그는 기존의 언어와 의미에 대한 부정을 통해 확고부동한 실체가 아니라 언제나 규정되기를 거부하는 불확정 상태의 이미지를 형상화하고, 대상을 재현하지 않고 새롭게 창조해 낸다. 이는 언어의 재현 능력을 존재 개시의 능력으로 바꾼 것이다. 문학의 모더니티가 문학 자신에 대한 강렬한 비판의 소산임을 인정한다면,[98] 무의미시의 성취는 문학의 재료인 언어와 그 의미에 대한 비판과

---

98) 파스는 문학의 모더니티에 관한 논의에 있어서 낭만주의에서 초현실주의에 이르기까지의 모든 현대문학은 자기 자신에 대한 열정적이고 총체적인 비판이며, 이같은 자기 부정을 통해 모더니티를 확인하고 실현한다고 통찰하고 있다.
Octavio Paz, 『낭만주의에서 아방-가르드까지의 현대시론』, 윤호병 역(현대미학사, 1995), pp. 48-54 참고.

118

재확인의 결과로서 미적 모더니티의 한 방편이라고 해석할 수 있다. 그리하여 존재의 덧없음에 이끌려 가는 시인 자신의 정체성은 무의미시라는 순수 형식을 통해 새로운 시간성의 면모를 지니게 된다. 이는 김춘수의 의식 속에 놓인 경험과 관련하여 시인의 시간성에 대한 고민과 자기 결핍의 해소로서 표출된 것이며, 끊임없이 창조되고 있는 여정으로 표현된 것이다.

　김춘수 시세계의 변모 과정에 작용하고 있는 이러한 시적 인식의 근본 토대는 그 변화의 지속적인 계기가 되는데, 본 장에서는 무의미시 이전과 무의미시의 시간의식을 중점적으로 해명하기로 한다.

1. 존재의 시간과 부재의 시간

1) 존재 개화의 시간

　김춘수는 『구름과 薔薇』(1948), 『늪』(1950), 『旗』(1951), 『隣人』(1953), 『第一詩集』(1954)의 초기에 해당하는 작품들을 통해 소멸의 운명에 처한 존재들에 대한 상실감과 서글픔을 표현한다. 이는 존재의 피치 못할 유한성에 직면한 시인이 존재의 "사라질 듯 질 듯"(「黃昏」)하는 무에 대한 가능성을 지나쳐버리지 않고 불안의 정조를 받아들이고 있다는 의미이다. 존재는 무라는 파괴나 멸망의 가능성과 한 쌍을 이루며 이처럼 존재 속에는 자신과 대립되는 속성이 포함되어 있다. 따라서 존재라는 것은 무나 소멸의 대립적 불안을 내면에 거느리고 있는 상태라고 할 수 있다.

　시인이 존재의 있음을 통해 소멸을 감지하는 것은 곧 사물의 안정성과 불안정성을 통해 사라져가는 시간을 간취하고 있다는 뜻이 된다. 시간은 가변성에 의해 제약받고 있으므로 항상 있으면서도 머물러 있지 못하고 유동하면서 허물어져 가는 것이다. 그러므로 시간에 대한 자각은 흘러가 버린 시간에 대한 슬픔으로 노래되며, 이는 그의 시간에 대한 대응으로서 발현된다. 다시 말해 김춘수 초기시의 정서적 슬픔은 시간의식의 실마리를 제공한다.

> 이것이 무엇인가? 할아버지의 할아버지의 그 또 할아버지의
> 千年 아니 萬年, 눈시울에 눈시울에 실낱같이 돌던 것. 지금은
> 무덤가에 다소곳이 돋아나는 이것은 무엇인가?
> 　내가 잠든 머리맡에 실낱 같은 실낱 같은 것. 바람 속에 구름
> 속에 실낱 같은 것. 千年 아니 萬年, 아버지의 아저씨의 눈시울
> 에 눈시울에 어느 아침 스며든 실낱 같은 것. 네가 커서 바라보
> 면, 내가 누운 무덤가에 실낱 같은 것. 죽어서는 무덤가에 다소
> 곳이 돋아나는 몇 포기 들꽃……
> 　이것이 무엇인가? 이것이 무엇인가?
>
> 　　　　　　　　　　　　　　　　　　　　　　　—「눈물」 전문

　시적 화자에 의해 끊임없이 던져지고 있는 "이것이 무엇인가?"라는 물음과 반복되는 "~같은 것"이라는 구절은 붙잡을 수 없는 불명확한 실체를 강조하고 있다. 그 실체의 의미는 계속해서 지연되고 있을 뿐 아니라 자리를 바꾸면서 "千年 아니 萬年" 이상 지속되고 있다. 처음에 그것은 여러 세대를 거치면서 "눈시울에 실낱같이 돌던 것"이었으며 "지금은 무덤가에 다소곳이 돋아나는" 것이다. 더욱이 그것은 시적 화자도 모르는 사이에 "실낱 같은 것"으로 다가오며 여전히 친지들과 세대를 지나 유전된다. 이는 시적 화자의 죽음 이후에도 계속되어 다시금 "무덤가에"서 또 다른 세대의 "눈시울에" 옮아갈 것이 되기도 한다. 그

것은 "몇 포기의 들꽃"으로 피어나기도 하고 "바람 속"이나 "구름 속에" 머물면서 지나가기도 한다.

무수한 세대와 셀 수 없는 시간과 장소 속에 대물림되면서 형체를 바꾸는 "이것"은 시의 제목에 명시되어 있는 바와 같이 "눈물"이라고 볼 수 있다. 그러나 이 "눈물"은 시적 화자에게는 생성되었다가 흘러가기도 하고 꽃으로 돋아나기도 하는 것으로서 감정의 단순한 결정체 이상의 의미를 지닌다. 다시 말해, "눈물"은 존재의 생성과 소멸의 관건인 시간성 자체에 대한 은유라고 이해할 수 있다. 시간은 이와 같이 존재 변형의 원리이며, 결국에는 화자 자신도 소멸하게 될 근거가 된다는 의미에서 슬픔을 불러일으킨다. 또한 "바람"과 "구름"의 이미지 역시 시간성에 대한 표상으로서 이는 명확한 형체를 그려볼 수 없는 시간의 속성을 효과적으로 암시한다. 김춘수의 다른 시에서도 찾아볼 수 있는 대로 "꽃인 듯 눈물인 듯 어쩌면 이야기인 듯 누가 그런 얼굴을 하고"(「西風賦」) 지나가는 바람의 이미지는 이처럼 시간의 불안정성을 상징한다고 볼 수 있다.

시간이 시적 화자에게 "눈물"로 인식된다는 사실은 존재와 비존재의 변전 속에는 시간이 수반하는 치명적인 슬픔이 자리하고 있다는 의미이다. 시간은 항상 지나가는 것으로서만 존재하는 까닭에 현재라는 순간은 영원에 다다를 수가 없고, 과거의 회한과 미래의 불안으로부터 인간은 구출될 수가 없다. 이는 존재의 본성이므로 시적 화자가 모든 존재의 무상성에 깃든 비애를 체감할수록 그 슬픔은 존재에 대한 문제의식으로 발전하게 된다.

그리하여 시적 화자는 존재가 안고 있는 무화의 기미를 해소하기 위해 "우리들 原始의 健康을 찾아/ 아! 草原으로 가자."(「집(2)」)라고 부르짖으며 존재 시원의 시간을 희구하게 된다. 본래의 건강성을 잃어버린 채 "蒼白한 모양"(「집(2)」)으로 살아가는 모든 존재의 결핍에 주목함으로써 그는 존재의 진정한 충만함에 도달하고자 하는 것이다. 이같은 시적 화자의 열의는 다음 시에서 시원의 건강을 되찾은 존재의 형상을 통해 구체화된다.

칠한 지 얼마 안 된 말끔한 엷은 연둣빛 壁面에 햇발이 부딪쳐 이따금 거기서 銀魚의 비늘 같은 것이 반짝이곤 하였다. 나는 눈을 가늘게 감아 보았다.

점점점 포실한 가슴 속에 안기어 가는 듯한 그러한 느낌인데, 나의 귓전에는 찌, 찌, 찌…… 무슨 벌레 같은 것이 우는 소리가 선연히 들려왔다.

그것은 靜寂의 소린지도 몰랐다.

나는 어디 밝은 그늘 밑에서 졸고 있는 듯도 하였다.

내가 눈을 다시 떴을 때, 그때 나는 나의 왼쪽 뺨에 불같이 달은 視線을 느꼈다. 나는 처음에 그것이 꽃인가 하였다.

그것은 딸기였다. 쟁반에 담긴 一群의 딸기는 곱게 피어오른 숯불같이 그 벌겋게 달은 體溫이 그대로 나에게까지 스며올 듯, 진열장의 유리를 뚫고 그것은 연신 풋풋한 향기를 발하고 있는 것만 같았다. 손님이라고는 나 한 사람뿐인 茶房의 午前의 解弛해진 空氣를 그것들이 혼자서만 빨아들이고 吐하고 있는 상 보였다. 진열장 近處의 空氣는 그민큼 緊張해 보였다.

조금 前의 벌레 우는 것 같은 소리는 어쩌면 그것들이 쉬는 숨소리인지도 모를 일이었다.

[중략]

나는 熱心히 딸기를 보았다. 그 솜솜이 얽은 구멍이 구멍마다 숨을 쉬고 있는 듯 쟁반 위의 딸기는 生動하고 있었을 뿐 아니라, 그 近處를 完全히 制壓하고 있었다. 온 방안의 空氣가 유리 안의 한 개 쟁반 위에 모조리 吸收되었다.

—「딸기」 부분

122

이 시에서 화자는 존재 체험의 아우라(Aura)를 진술하고 있다. 시적 화자는 아무도 없는 "午前 열 한 시의 茶房"에서 휴식을 취하며 고요한 방심 상태에 있다가 불현듯 다가온 존재 체험에 강한 인상을 받은 것으로 보인다. 화자가 대면한 존재의 생명력은 "쟁반에 담긴 一群의 딸기"에게서 발산된 것으로서, 이때 "딸기"는 마치 처음으로 존재하는 것처럼 자신을 열어 보인다. "딸기"의 충일한 생명력은 얼마나 강렬한지 "숯불같이" "벌겋게 달은 體溫"을 시적 화자에게 전이시키며, "진열장의 유리를 뚫"을 지경이 된다. "연신 풋풋한 향기를 발하"면서 호흡하고 있는 이들은 존재의 원시적 충만함 자체라고 할 수 있다. 그 충만함은 모든 존재에게 본래적인 것으로서 실상은 다른 존재들 역시 그런 압도적인 힘을 발산하고 있어야 하지만, 여기서는 오로지 "딸기"만이 "그 近處를 完全히 制壓하고 있"다. 이는 그만큼 전(全) 존재로서 "生動하"면서 존재한다는 것이 용이한 일이 아니며, 일상의 존재들은 그 충일한 원시적 건강을 간직하지 못하고 있다는 뜻이다. 그런 까닭에 화자에게 자기 존재를 "悲壯하"게 열어 보인 "딸기"도 예전에는 본질적 가치를 발휘하지 못한 채 "보오얗게 먼지를 쓰고 있"었던 것이다.

시적 화자는 이 존재 경험에 들어서는 순간에 대해 "불같이 달은 視線을 느꼈다"고 하면서 "처음에 그것이 꽃인가 하였다"고 말하고 있다. 시적 화자가 존재의 강렬한 생명력을 "꽃"으로 예감하고 있다는 사실은 존재의 의미를 고려할 때 주목할 필요가 있다. 존재란 "자기 스스로부터 열려 피어오름"99)이며 이는 마치 장미의 피어남과 같이 자신을 드러내는 것이다. 이는 시적 화자가 '꽃'을 존재의 충만함을 대표하는 것으로서 은연중 마음에 두고 존재와 꽃의 유추 관계를 간파하고 있다는 의미가 될 뿐 아니라, 후일 창작한 '꽃'을 소재로 한 시편들의 의미

99) Martin Heidegger, 『형이상학 입문』, 박휘근 역(문예출판사, 1994), p. 40.

를 대변해 준다. 이로써 존재가 피어나는 것 같은 시원의 충동은 '꽃'을 소재로 한 시(「最後의 誕生」, 「유월에」, 「꽃의 素描」, 「꽃Ⅱ」, 「꽃」, 「꽃을 위한 序詩」) 들에서 구체적인 표현을 얻는다. 시의 소재로서 '꽃'이 선택된 것은 존재가 시원의 상태에서는 자기 스스로로부터 열려 피어오르는 것과 같기 때문이다. 이러한 존재 개화의 순간에 시적 화자는 존재와 혼연일체가 되어 호흡하게 된다.

　이와 같이 김춘수가 존재 일반의 문제에 집중하기 시작한 것은 시간을 염두에 두고 있다는 뜻으로 파악할 수 있다. 시간은 존재를 이해하기 위한 지평이며, 존재는 시간으로부터 해명되기 때문이다. 따라서 존재의 '열림'에 주목하는 시인은 존재 개화의 본질적 충만함, 훼손되지 않은 본연적 시간의 전일성을 갈망한다. 이는 시적 주체 자신이 존재가 드러나는 장(場)으로서 기능하며, 세계는 시적 주체의 실존방식으로부터 해석된다는 하이데거적 존재 탐구를 의미한다. 그러나 이미 살펴본 대로 시인은 근본적으로 기존의 존재에 대한 허무적 인식에 기반하고 있는 까닭에 존재의 충만함이 개화되는 완전함의 시간에는 이를 수 없을 것이라는 다소의 절망감을 드러내기 시작한다.

　　1

　　꽃이여, 네가 입김으로
　　대낮에 불을 밝히면
　　환히 금빛으로 열리는 가장자리,
　　빛깔이며 香氣며
　　花粉이며…… 나비며 나비며
　　祝祭의 날은 그러나
　　먼 追憶으로서만 온다.

나의 추억 위에는 꽃이여,
네가 머금은 이슬의 한 방울이
떨어진다.

　　2

사랑의 불 속에서도
나는 외롭고 슬펐다.

사랑도 없이
스스로를 불태우고도
죽지 않는 알몸으로 微笑하는
꽃이여,

눈부신 純金의 阡의 눈이여,
나는 싸늘하게 굳어서
돌이 되는데,

　　[중략]

　　4

너의 微笑는 마침내
갈 수 없는 하늘에
별이 되어 박힌다.

멀고 먼 곳에서
너는 빛깔이 되고 香氣가 된다.
나의 追憶 위에는 꽃이여,
네가 머금은 이슬의 한 방울이

떨어진다.
너를 향하여 나는
외로움과 슬픔을
던진다.

　　　　　　　　　　　—「꽃의 素描」 부분

　"꽃"이 활짝 피어올라 자신을 드러내는 모습을 "환히 금빛으로 열리
는 가장자리./ 빛깔이며 香氣며/ 花粉이며…… 나비며 나비며"로 표현
함으로써 시적 화자는 존재의 개화가 "불을 밝히"는 것과 같이 환하게
펼쳐짐을 보여준다. 존재의 충만함이 실현되는 날을 화자는 "祝祭의
날"이라고 하는데, 이 축제는 화자가 속한 현재의 시간에 펼쳐지는 것
이 아니라 "먼 追憶"에 속한다. 시적 화자는 존재의 개화가 실현되는
날과는 먼 시간에 머문 채 다만 "追憶 위에" "떨어"지는 "네가 머금은
이슬의 한 방울"을 맛볼 수 있을 뿐이다. 이는 시적 화자의 현상태와
절대적 존재의 순수성이 그토록 동떨어져 있다는 뜻이 된다. "먼 追憶
으로서만" 오는 "祝祭의 날"이란 달리 말하자면, 언젠가 한번은 시적
화자에게 그같은 충만한 존재의 시간이 있었다는 의미가 된다. 그러나
이로 인해 현재의 화자가 잠시 맛보는 생명력은 매우 미약하여 오히려
시간의 절대적 충만함에 이를 수 없는 거리감이 강화된다. 시적 화자는
사랑을 할 때조차도 그 충일함을 느끼지 못하지만 "꽃"은 사랑이 없어
도 결핍과 불완전함을 모르는 상태이다. 그리하여 화자와 단절된 존재
의 "微笑는 마침내/ 갈 수 없는 하늘에/ 별이 되어 박힌다". 절대 존재
의 순수함은 "멀고 먼 곳에서" 빛나지만 시적 화자는 불완전하여 "너를
향하여" "외로움과 슬픔을/ 던"질 수밖에 없는 것이다. 순수한 존재의
현현에는 이를 수 없다는 체념과 절망은 "나"의 대척점에 있는 "꽃"의
아름다움을 더욱 두드러지게 하고 불완전함에 처한 화자의 동경을 강조

126

한다.

존재 진리가 활짝 펼쳐지는 순간을 충만한 이데아로서의 시간이라고 할 수 있다면 이와 동떨어진 시적 화자의 시간은 "싸늘하게 굳"은 "돌"과 같이 허무하고 어두운 암흑의 시간이다. "꽃"은 존재의 확산이 자 드러남이지만, "돌"은 존재의 향기도 빛깔도 지니지 못한 응집과 폐 쇄의 이미지인 것이다. 시적 화자는 이처럼 존재 개화, 곧 존재의 진리 에는 이를 수 없고 그 단절감으로 인해 절대적 존재 또한 화자를 위해 해줄 수 있는 것이 아무것도 없다. 다시 말해, 시적 화자는 존재의 완전 성, 이데아로서의 시간에 도달할 수 없으되, 스스로 자족성과 고정불변 성을 지닌 절대 순수 관념으로서의 "꽃"은 시간의 경과에 의해 손상되 지 않는 이데아로 나타나 있다. 이는 "개별적인 사물들과 개별적인 사 건들로 되어 있어 완전성이라는 것을 찾아볼 수 없는 저급한 세계와 모 든 대상이 완전하고 불변적이고 청정한 고차적인 이데아의 세계"100)의 분리를 의미한다. 이데아의 인식은 플라톤(Platon)에 의해 강조된 것으 로서, 그는 영원한 이데아를 모방한 현상계가 덧없이 생성, 소멸하면서 그 완전성을 지향한다고 보았다. 이는 이데아의 그림자에 불과한 현상 계가 영원불변의 절대 세계를 실현해야 할 이상주의(Idealism)를 표방 하는 것으로서, 이원론적 체계이다. 인용한 시에 나타나는 이데아로서의 시간과 그 절대 순수에 이를 수 없는 절망은 이러한 이원론적 인식에 근거하고 있다. 이는 관념적 이데아를 추구하다가 "끝내는 허무를 안고 딩굴 수밖에는 없다는 것을 눈치챈"(2: 383) 시적 화자의 성실한 응시 의 결과로서 표현된 것이다. 따라서 순수한 존재와 시간에 이를 수 없 다는 절망감은 밤중에 우는 존재자들의 "그 눈물 위에 떨어져 쌓이는/ 붉고 붉은 꽃잎"(「壁이」)의 무기력한 이미지로 나타나기도 한다. 이러

---

100) Sterling P. Lamprecht, 『서양철학사』, 김태길·윤명로·최명관 역(을유 문화사, 1985), p. 76.

한 시간의식은 플라톤적 이데아를 추구하면서도 그 절대 순수 관념의 시간에는 도달 불가능하다는 사실을 인식하는 시적 태도의 반영이다.

존재의 충만한 현현에 도달하지 못하는 시적 화자의 고민은 인용시에서 알 수 있는 바와 같이 "멀고 먼 곳에" 있는 "꽃"에 대한 인식에서 비롯되고 있다. 이는 인간 주체에 의한 존재 규정이 사실상 불가능하고 이데아로서의 시간을 성취하는 것 역시 불가능하다는 시인의 인식론적 회의를 반증하며, 시세계 변모의 발판으로서 작용한다.

> 나는 시방 危險한 짐승이다.
> 나의 손이 닿으면 너는
> 未知의 까마득한 어둠이 된다.
>
> 存在의 흔들리는 가지 끝에서
> 너는 이름도 없이 피었다 진다.
> 눈시울에 젖어드는 이 無名의 어둠에
> 追憶의 한 접시 불을 밝히고
> 나는 한밤내 운다.
>
> 나의 울음은 차츰 아닌 밤 돌개바람이 되어
> 塔을 흔들다가
> 돌에까지 스미면 金이 될 것이다.
>
> ……얼굴을 가리운 나의 新婦여,
> ─「꽃을 위한 序詩」 전문

김춘수의 존재론적 관점을 보여주는 이 시에서 "꽃"은 존재 진리에 접근하려는 화자의 갈망의 대상으로 형상화되어 있다. 그러나 "너"로 지칭된 이 꽃은 "나"라고 하는 시적 화자에 의해 이해되거나 개현되지 않고, "나의 손이 닿으면" "未知의 까마득한 어둠"으로 변하고 만다. 존재의 진상은 시적 화자의 실존방식에 따라서 피어오르는 것이 아니라 시적 화자에게 오히려 은폐되고 있는 것이다. 이러한 사실에 대한 자각으로 인해 화자는 시의 도입부에서 "나는 시방 危險한 짐승이다."라는 위태로움을 토로하고 있다. 이는 언젠가 이데아로서의 순간을 경험한 적이 있는 시적 화자에게 커다란 불안과 상실감으로 다가오므로, "追憶의 한 접시 불을 밝히고/ 나는 한밤내" 어둠 속에서 흐느낄 수밖에 없다. "追憶"이라는 것은 과거의 경험을 전제로 하는 것이므로, 이는 시적 화자가 이데아로서의 시간에 대한 기억을 바탕으로 하여 이데아를 상기하게 되는 것[101]을 뜻한다. 이때 "追憶"은 시적 화자가 경험한 이데아로서의 시간에 속하지만 그 사건은 과거화되어 있을 뿐 시적 화자의 현재 속으로 진입해 들어오지 못한다. 더욱이 "追憶"은 이름 없는 "어둠에" 작은 "불을 밝"힐 따름이어서 시적 화자의 절망을 걷어내지 못한다. 여기에서 시적 화자가 경험하고 있는 "어둠"이란 "이름도 없이 피었다"지는 꽃송이를 무엇이라고도 이름지을 수 없는 캄캄함이다. 이는 "存在의 흔들리는 가지 끝", 곧 허공도 아니고 명확한 실체도 아니어서 무엇으로 규정지을 수 없는 공간에 놓인 "너"에 대한 체험이다. 시적 화자는 이름이 없는 대상에 대한 공허한 무를 "無名의 어둠"이라고 부르면서, 존재가 갖는 충만한 의미와 언어가 존재자로부터 떠나갔다는 사실 앞에서 좌절하고 있는 것이다. 이는 "追憶"으로만 남은 이데아로서의 시간에 대한 좌절을 포함하고 있다.

---

101) 플라톤은 가시적 존재 세계의 근거를 비가시적 당위의 세계에 두고, 존재의 세계인 현상계는 당위의 세계인 이데아를 실현하지 않으면 안 된다는 이상주의를 주장했다. 그는 인간의 영혼이 육체에 갇히기 전에는 이데아에 대한 완전한 인식을 가지고 있었으며, 현상계는 이데아의 모습을 불완전하게 지니고 있으나 현상계를 통해서 이데아의 세계가 상기될 수 있다고 보았다.

시적 화자의 뒤흔들리는 존재 경험은 "塔"과도 같은 존재의 견고함
마저 흔들고 "돌에까지 스"며들 정도로 밀도 높은 것이 된다. 그의 울
음은 근원적 회의와 갈등의 분출이자 존재를 그리워하는 순도 높은 것
으로서 "돌"을 정화시켜 "金"으로 변형시킬 만한 것으로 나타난다.
"돌"은 화자에게 있어 "캄캄한 어둠 속에 나를 孕胎한/ 나의 어머니"
(「돌」)를 상징하는데 이는 암흑의 시간과 모태이며, 화자 자신의 부정
적 자기 인식을 가리킨다. 시적 화자에게는 궁극적으로 존재의 환한 열
림을 이해할 수 없는 태생적 어둠이 잠재해 있는 것이다. 이러한 자기
부정은 이 시에서 존재와 이데아로서의 시간을 사랑하고 그리워하는 시
적 화자의 울음에 의해 순수한 정화를 거칠 일말의 가능성을 보인다.
여기에는 "存在의 흔들리는 가지 끝에서" 명멸하는 존재의 익명성이 언
젠가는 "金"이라는 좀더 진정한 존재로 명명되어 나오기를 바라는 화자
의 소망 또한 간직되어 있다. 그의 간절한 바람은 끝내 밝히 드러나지
않을 "얼굴을 가리운 나의 新婦"에 대한 호명에 담겨 있으며, 이는 플
라톤적 이데아의 희구와 그 좌절인 것이다.

이로써 시적 화자가 익명의 어둠으로서, 존재의 뒤흔들리는 무로서
경험한 존재 진리에 대한 물음은 존재의 "이름", 곧 언어에 대한 물음
으로 이어질 여지를 보인다. 언어의 운명이라는 것은 있음과의 관계 속
에 그 기반을 두고 있는 것이기에, 인식 주체에게 있어 존재에 관한 질
문은 언어에 대한 질문과 뒤섞이는 것이다.[102] 존재의 근원적 의미는
더 이상 인식 주체인 시적 화자에 의해 규정될 수 없으며 기존의 언어
를 통해서도 명명될 수 없는 것이므로 이제 시적 화자는 존재가 스스로
를 열어 보이도록 내맡길 수밖에 없게 된다. 이는 존재 이해의 중심이
인식 주체에게서 존재 자체에게로 바뀐 것이라고 하겠다. 그리하여 김

---

102) Martin Heidegger, 앞의 책, pp. 91-92 참고.

춘수는 시간이 초래하는 슬픔과 생래적 허무의식으로 인해, 훼손되지 않은 존재 시원의 시간, 완전성과 고정불변성을 지닌 순수한 이데아로서의 시간에 속할 수 없다는 절망감을 전환의 계기로 삼는다. 즉, 그는 존재 탐구에 대한 태도를 전환하여, 허무한 시간에 속한 존재자 전체를 새로운 안목으로 보려는 시도를 전개한다. 이는 주체가 존재 진리와 이데아로서의 시간을 파악하는 것이 아니라 존재하는 대상들이 스스로 자신을 열어 보여주어야 한다는 자각인 것이다.

이로써 김춘수는 인식 주체에게 물들지 않은 진정한 존재의 추구로 나아가는데, 인용한 시의 제목 '꽃을 위한 序詩'에는 존재 진리를 위한 새로운 시도가 예견되어 있다. 이러한 시적 인식의 변모에는 존재와 그 시간성에 대한 새로운 지향이 깔려 있으며, 이는 구체적으로 기존의 언어와 의미에 대한 부정으로서 나타난다. 존재의 문제가 언어의 문제이며 시간성의 문제가 의미의 문제임을 염두에 둔다면, 김춘수의 시적 각성의 심층에는 여전히 형이상학적 고뇌가 자리하고 있음을 이해할 수 있다. 이는 "주체와의 관계에 의해서만 대상이 비로소 실재한다는 초기의 자각이 이제는 주체의 제거를 통하여 대상을 묘사하려는 이념으로 치환"[103]되는 것이며, 초기의 관념적 이데아에 대한 절망의 지점에서 시인은 무의미시를 추구하게 된다.

2) 존재 물음의 시간

무의미시의 실험적 단계인 「打令調」 연작은 우리의 옛 노래와 가락들 가운데 '장타령'의 특성을 빌어와 변용한 것이다. 장타령은 떠돌면서 구걸하는 무리인 각설이패가 부르는 노래이며 잡가로도 인정되지 않는

---

103) 이승훈, 「두 시인의 변모」, 『문학과 지성』(1977, 여름), p. 407.

최하층 민요로서, 김춘수는 그 반복적 리듬을 시의 구성에 활용한다. 그
리하여 「打令調」 연작은 내용상 서로 연관성을 지니며 타령이 환기하는
중얼거림과 반복을 통해 사랑을 찾아 헤매는 자의 방황을 보여준다. 화
자와 청자가 설정되어 있는 이 연작시들은 시적 대상을 호명하고 그 대
상들에게 말을 거는 어조로 이루어져 있다. 이러한 언어는 존재자[104]가
갖는 충만한 의미 또는 사랑이 존재자에게서 떠나갔다는 절망적 사실을
전달한다. 또한 쉼표나 말줄임표로 끝나는 이들 연작시는 시적 화자의
변모와 모색의 현상태 그대로를 보여주면서 비결정적 존재 상황을 강조
한다. 비결정적 존재자들이란 새로이 생성되는 세계를 구성하며 여기에
서 비로소 새로운 시간성이 형성된다.

> 사랑이여, 너는
> 어둠의 변두리를 돌고 돌다가
> 새벽녘에사
> 그리운 그이의
> 겨우 콧잔등이나 입언저리를 發見하고
> 먼동이 틀 때까지 눈이 밝아 오다가
> 눈이 밝아 오나가, 이른 아침에
> 파이프나 입에 물고
> 어슬렁 어슬렁 집을 나간 그이가
> 밤, 子正이 넘도록 돌아오지 않는다면
> 어둠의 변두리를 돌고 돌다가
> 먼동이 틀 때까지 사랑이여, 너는
> 얼마만큼 달아서 病이 되는가,

---

104) 존재자는 존재하는 것, 즉 존재의 현전을 의미한다. 반면, 존재는 존재자
를 가능케 해주는 것으로서의 존재자성(存在者性)을 가리킨다.
우리사상연구소 엮음, 『우리말 철학사전』(지식산업사, 2001), p. 376;
Walter Biemel, 『하이데거』, 신상희 역(한길사, 1997), p. 47 참조.

132

病이 되며는
巫堂을 불러다 굿을 하는가,
넋이야 넋이로다 넋반에 담고
打鼓冬冬 打鼓冬冬 구슬채찍 휘두르며
役鬼神하는가,
아니면, 모가지에 칼을 쓴 春香이처럼
머리칼 열 발이나 풀어뜨리고
저승의 山河나 바라보는가,
사랑이여, 너는
어둠의 변두리를 돌고 돌다가……
　　　　　　　　　　　　　　　—「打令調 (1)」 전문

　"사랑"을 시적 대상으로 하여 말을 거는 이 시는 화자의 중얼거림이
라 할 수 있지만, 대화를 염두에 둔 채 전개되는 가정과 불확정성을 바
닥에 깔고 있다. 화자의 말투에서 알 수 있는 것은 자신의 일방적 우위
가 아니라 그 자체로서 현존하고 있는 "사랑"이라는 시적 대상이 화자
에게 다시 말을 건네주기를 기대하고 있다는 사실이다. 이 시에서는
"사랑이여, 너는"과 "어둠의 변두리를 돌고 돌다가"라는 구절이 각각
세 번씩 반복되고 있으며, 이 외에도 동작이 종결되지 않음을 표시하는
"～하다가"와 의문형인 "～하/되는가"가 여러 번 되풀이되고 있다. 이
러한 구절들은 시에서 화자의 확정적 태도를 제거하고 "사랑"이라는 시
적 대상의 관점에 의해서만 분명해질 수 있는 행위와 가능성들을 담보
한다.
　이때 "사랑"은 "어둠의 변두리를 돌고 돌다가/ 먼동이 틀 때까지"의
시간에 존재하는 것으로서 명확한 형태를 열어 보이지 않는다. 이는
"어둠"이 아니라 "어둠의 변두리"에 속하며 밤과 아침의 혼돈인 "먼동
이 틀 때"에 속하므로, 완전한 어둠도, 완전한 빛도 아닌 변화와 투쟁과

생성의 시간에 처해 있다. 이와 같은 시간 속에서 "사랑"은 고작해야 그의 절대적 그리움의 대상인 "그이의/ 겨우 콧잔등이나 입언저리를 發見"할 따름이다. 화자가 말을 건네는 대상의 불확정성은 시간의 불확정성을 의미하며 더 나아가 사랑이 사랑을 잃어버려 "病이" 된 상태로 이어진다. 더욱이 병에 대한 극복은 굿이나 죽음, 어느 쪽으로도 확정지어져 있지 않은 행위의 불명확성으로 나아간다. 이는 존재자가 존재의 본질을 상실하고 난 뒤 경험하는 존재 망각[105]의 시간이며, 진정한 의미에서는 존재 물음의 시간이다.

이러한 시간성과 존재 상황을 바탕으로 「打令調」 연작시의 화자는 "잃어 버린 幼年, 잃어 버린 사금파리 한 쪽을 찾아"다니는 것과 같은 피곤함(「打令調 (8)」)을 견디는 인간의 투쟁적 정황을 말해 준다. 시적 화자의 주도적 입장에서는 순수한 존재 진리와 이데아로서의 시간은 현현될 수 없는 것이기에 언제나 인간에게서 빠져 달아나는 것이며, 인간 주체의 관점에서가 아니라 존재자의 관점에서만 파악될 수 있는 것으로서 나타난다.

> 胴體에서 떨어져 나가 새의 날개가
> 보이지 않는 어둠을 혼자서 날고

---

105) 하이데거에 의해 규정된 근본경험으로서 '존재 망각'(Seinsvergessenheit)의 경험이란 존재자가 갖는 충만한 의미 내지 존재가 존재자로부터 떠나 갔다는 사실 앞에서 경악하는 것이다. 이 경험을 통해 인간은 공허한 무와 같이 되어 버린 존재자 앞에 직면하게 된다. 그러나 존재 망각의 경험이 위기로서 경험된다는 사실은 이미 존재자 전체를 새로운 안목으로 보게 된다는 것이므로 존재 망각으로부터의 각성을 의미한다. 환언하자면, 존재 망각의 경험은 진정한 존재 진리에 대한 존재 물음이며 존재의 경험을 위한 출발점인데, 이로써 존재의 진리는 처음으로 통찰된다. 이수정 · 박찬국 공저, 『하이데거, 그의 생애와 사상』(서울대출판부, 1999), pp. 236-248 참고.

한 사나이의 무거운 발자국이 地球를 밟고 갈 때
허물어진 世界의 안쪽에서 우는
가을 벌레를 말하라.
아니
바다의 純潔했던 부분을 말하고
베꼬니아의 꽃잎에 드는
아침 햇살을 말하라.
아니
그을음과 굴뚝을 말하고
겨울 濕氣와
漢江邊의 두더지를 말하라.
胴體에서 떨어져 나간 새의 날개가
보이지 않는 어둠을 혼자서 날고
한 사나이의 무거운 발자국이
地球를 밟고 갈 때,

—「詩 Ⅰ」 전문

시적 화자는 세계 내부에 처한 존재자들에 대해 말하는 것이 "詩"라
는 인식을 보여주는데 정작 말하는 주체보다 말해지는 대상들에게 훨씬
더 초점이 맞추어져 있다. 즉, 말하는 주체는 주도적인 지배력을 거의
상실한 상태이며 말해지는 존재자들이 자세히 부각되어 있다. 이때 "同
體에서 떨어져 나간 새의 날개가/ 보이지 않는 어둠을 혼자서 날고" 있
다는 것은 비상 좌절, 혹은 더 크게 비상하고자 하는 욕망의 이미지라
고 볼 수 있다. 또한 "가을 벌레"—"純潔"—"아침 햇살"은 점점 고조되
는 생성의 이미지이며, "그을음과 굴뚝"—"겨울 濕氣"—"두더지"는 점차
하강하는 소멸의 이미지이다. 이는 대립적 존재자들의 생성과 소멸이
이루어지는 시간에 대한 이미지로서, 이러한 시간에 대한 말하기는 "허
물어진 世界의 안쪽"에서 이루어진다. 시간에 대한 이미지들은 인간 주

체가 어떤 것으로도 객관화시켜서 확정하거나 파악할 수 없는 것이라는 측면에서 '무'라고 할 수 있다. 무는 절대 존재에 도달할 수 없다는 근본경험으로서 허무주의의 본질을 차지한다.106) 그리하여 "허물어진 世界의 안쪽"이란 무가 주체가 된 시간에 "보이지 않는 어둠을 혼자서" 헤쳐 나가고 있는 존재자들이 구성하는 소멸과 생성의 장소이다. 이곳에서는 기존의 존재 의미가 파괴되어 공허한 무만이 모든 시간과 존재자 영역의 근저를 관통한다. 다시 말해, 세계는 인간 주체가 파악하는 절대 의미로서가 아니라 존재자로부터 현현되는 그 자체로서 있는 것이다. 전술한 대로 이러한 허무의 경험은 오히려 존재에 대한 예감으로서 진정한 존재 물음의 출발점이 된다. 이 근본경험이야말로 기존의 의미가 떠난 허무한 시간의 참된 현현을 거쳐 존재 진리로 나아가는 길목이기 때문이다. 존재 물음을 통하여 인간 주체가 존재자들의 진상을 드러내는 것이 아니라 존재자 자체가 일상적 세계의 진실을 인간에게 보여주는 것이다.

존재자 자체가 세계의 진면목을 보여줄 주체가 되는 시가 바로 시인이 의도한 무의미시이다. 무의미시는 이미지와 대상과의 거리가 사라지는 데서 나타나는 시로서(2: 369), 이때 대상과의 거리를 상실한다는 것은 이미지가 대상의 자리를 대신함으로써 대상이 소멸된다는 뜻이다. 시에서 대상이 소멸된다는 것은 대상이 지니는 의미 역시 사라진다는 것이므로, 무의미시는 기존의 가치관, 기존의 의미에 대한 물음에서 태어난다. 이로써 시인은 그 동안 인간이 존재자에게 부여해 온 의미에 의해 가려졌던 존재자의 원모습을 새롭게 경험하고, 지금까지와는 전혀 낯설게 드러나는 존재자 전체를 지각한다. 시인은 "관념에 대한 절망"을 밑바닥에 깔고 "현상학적으로 대상을 보는 눈의 훈련을 해야 하겠다는 생각"(2: 351)으로 무의미시를 시도한 것이다. 이는 존재자로부터

---

106) 위의 책, p. 243 참고.

136

보여지는 진정성에 대면하겠다는 허무 정신의 표출이며, 초기시에서부터 내재해 있었던 존재와 시간에 대한 허무적 태도가 순수 존재, 이데아로서의 시간에 대한 절망에 부딪쳐 표면화된 국면이다. 여기서는 존재하는 것들이 마치 처음으로 존재하고 말을 걸어오는 것처럼 새로워지고, 오염되지 않은 본래의 모습 그대로를 드러낸다.

> 사과나무의 阡의 사과알이
> 하늘로 깊숙이 떨어지고 있고
> 뚝 뚝 뚝 떨어지고 있고
> 금붕어의 지느러미를 움직이게 하는
> 魚缸에는 크나큰 바다가 있고
> 바다가 너울거리는 綠陰이 있다.
> 그런가 하면
> 비에 젖는 섣달의 山茶花가 있고
> 부러진 못이 되어
> 길바닥을 딩구는 사랑도 있다.
>
> —「詩 Ⅲ」 전문

이 시에서는 일상적 의미 부여가 사라진 존재자의 모습이 오롯이 이미지화되어 있다. 이들은 인간에게 익숙해져 있는 모든 평범성으로부터 벗어나 하나하나 선명하게 존재하면서 의미의 타성을 깨뜨리고 있다. 그리하여 "사과나무의" 무수한 "사과알"은 중력의 법칙과 무관하게 "하늘로 깊숙이 떨어지고 있"는데, 이는 인간에게는 당연한 것으로 여겨지고 있는 자연법칙이 무시되는 영역이 존재함을 암시한다. 사과나무에서 떨어지는 사과를 보고 만유인력의 법칙을 발견한 뉴턴(I. Newton)의 일화는 누구에게나 익숙한 것이지만, 이 시에서 "사과알"은 거꾸로 허공을 향해 "뚝 뚝 뚝" 떨어짐으로써 하늘의 청명하고 질량감 있는 깊이를 강화시키고 있다. 두 번씩이나 반복되어 "사과알"의 하강 이미지와 상승 이미지가 겹놓이면서 증폭시키고 있는 것은 이같은 존재자들의 새로움이다. 이뿐만이 아니다. "금붕어"가 노니는 "魚缸에는 크나큰 바다가 있"어 "금붕어의 지느러미를 움직이게" 해준다. "금붕어"가 들어있는 어항이라면 아무리 크다 해도 "크나큰 바다"를 담을 수 없을 것이므로, 이는 물리적 크기나 공간 개념이 아니라 미세함 속익 거대한 질적 가치를 가리킨다. 이러한 존재 가치의 역전은 시에 표현된 존재자들이 대등한 우월성을 가지고 부각되어 있기 때문에 가능하다. 말하자면 "사과알"은 "사과나무"에 속한 것이며, "금붕어", 그것도 "금붕어의 지느러미"는 "금붕어"와 "魚缸"에 종속된 것이지만 이들의 지위는 결코 "사과나무"나 "魚缸"보다 못하다고 볼 수가 없다. 그만큼 이들 미세한 존재자들 역시 대등한 가치로 부각되어 있는 것이다. 이는 존재자들의 가치 회복과 재정립을 뜻하며 곧, 화자에 의해 존재자들이 재단되거나 통제되지 않고 있다는 의미이다. 실제로 이 시에는 화자가 전혀 드러나 있지 않은데, 이에 관해서는 후술하기로 한다.

  "山茶花"는 동백나무의 꽃으로서 대개 2월 이후에 피지만 이 시에서는 좀 이르게 핀 동백꽃이 "섣달"에 눈도 아닌 "비에 젖는" 모습으로 드러나 있다. 여기에는 시간적 질서에 다소 어긋난 존재자가 '있다'는 사실에 대한 강조와 '있음' 자체의 낯설음이 포함되어 있다. 사실상 이 시에는 개별적 존재자들의 새로운 면모가 드러나 있을 뿐 아니라, 이들 존재자들이 "있고" "있고" "있다"는 사실이 무엇보다 강화되어 있다. 더욱이 이들 존재자에게 일어나는 일들은 지금도 계속해서 진행되고 있는 상황이므로 이들은 그 나름대로의 시간성에 속해 있다. 이는 인간 중심의 시간성이 아니라 존재자 중심의 시간성이라 할 만한 것이며, 무의미시의 이미지들은 기존의 의미를 재현하지 않을 뿐 아니라 기존의 시간성 역시 재현하지 않고 있다. 그리하여 "부러진 못이 되어/ 길바닥

을 딩구는 사랑"이란 사물화되어 인간의 영역을 벗어난 시적 대상의 모
습이 이미지화된 것이다. 시에서 알 수 있는 대로, 존재자들은 스스로를
드러내는 것으로서 인간에게 가까이 오지만, 인간이 임의로 처분하거나
해명할 수 없는 자체의 무게와 깊이와 행위를 보여준다. 그런 의미에서
존재자들은 기존의 관념과 시간성을 지워버리고 있다고 볼 수 있다. 지
워진 관념과 시간성 위에는 있음 자체의 시간이 소생하는데, 이처럼 시
인은 확정적 의미 부여가 사라지고 일상의 논리가 부정된 시를 창작함
으로써 존재자 자체가 그대로 드러나는 언어 표현을 획득한다. 이러한
작업에 있어 존재 물음을 통해 보여지는 존재자들의 진상은 확정되지
않고 변형중인 과정, 또는 계속적인 진행형의 시제로서 드러난다.

> 白露 가까운 개울물소리
> 별에서도 풀벌레가 운다.
> 수세미 잎에 앉은 잠자리 한 마리
> 그의 허리는 부러지고 있다.
> 입 안에 든 달디단 菓子처럼
> 그는 조금씩 녹아내리고 있다.
>
> ―「잠자리」 전문

『打令調・其他』(1969)에 실린 이 시는 김춘수가 의도한 무의미시의
시간이 어떤 것인지 보여준다. 존재자 스스로가 주체가 되어 인간의 의
미와 관점이 청산된 이 시에는 존재자가 개시하는 시간이 특징적으로
드러나 있다.

"白露"는 처서와 추분 사이의 절기로서 계절이 여름에서 가을로 바뀌
는 것을 조금씩 실감하게 해주는 시기이다. 이 시기에 "개울물소리"는
맑고 투명해지며 "풀벌레" 소리가 별빛에 섞여 흐를 정도로 대기는 청
명해진다. 여름에 노란 꽃이 피었던 "수세미" 줄기에는 길다란 열매가

익어간다. 이들은 모두 형성되어 가고 있는 존재자들로서 이들 속에는
생성의 시간이 존속한다. 더욱이 "수세미 잎에 앉은 잠자리 한 마리"는
죽어서 그 육체성이 탈색되고 가볍게 메마르고 있는 중이다. 이는 존재
변화가 진행중인 존재자이자 진행중인 시간성의 이미지이다. 이처럼 시
간의 흘러감의 항상성으로부터 존재자는 드러나며 시간성은 존재자에
의해 설정되는 것이다. 따라서 변화하며 다른 존재로 생성되고 있는 존
재자는 변화와 생성으로서의 시간성을 표상한다고 볼 수 있다.

　그리하여 존재자가 현재 변형중인 과정은 "부러지고 있다"나 "녹아
내리고 있다"에서와 같이 "~(하)고 있다"라는 어미에 의해 진행형으
로 언어화된다. 진행형 시제는 존재 변형을 표현하기에 적절하며, 확고
부동한 것으로 여겨지는 존재자를 전적으로 달리 보게 하는 데 일조한
다. 이는 있음이라는 것이 확정적인 존재로만 채워져서 의심의 여지라
고는 전혀 없는 영원불변의 것이 아니라, 확정적이면서도 동시에 전적
으로 불확정적인 모순을 안고 있음을 뜻한다. 따라서 존재자의 현존을
있는 그대로 드러내는 언어는 존재의 확정성과 불확정성을 내포하고,
존재 형성이 진행중임을 말할 수밖에 없다. 이러한 언어는 세계를 그
자체의 본질로서 현존하게 하는 것이며, 언제나 단일한 것으로 규정될
수 없는 불확정성을 형상화한다. 언어란 사물의 유동하는 측면을 무시
하고 정지된 단면과 보편적인 속성만을 표상하기 쉽기에 인간으로 하여
금 자아나 사물의 불변성과 확고부동함을 믿게 하는 힘이 있다. 그렇다
면 "~(하)고 있다"라는 진행형 시제가 빈번히 사용되고 있는 김춘수
의 무의미시[107]는 언어의 속성을 바꾸면서 나아가 존재자의 본질을 구

---

107) 무의미시 가운데 이같은 진행형 시제의 표현이 두드러지는 시로는 「忍冬
　　 잎」, 「幼年時(1)・(2)・(3)」, 「라일락 꽃잎」, 「적은 언덕 위」, 「새봄의
　　 仙人掌」, 「리듬Ⅰ・Ⅱ」, 「落日」, 「수박」, 「唐草紋」, 「李仲燮2・6・7」, 「顔
　　 料」 등 다수가 있다.

현하고, 인간 주체에 의해 확정되지 않는 시간성마저 포착하고 있는 것이라고 할 수 있다. 따라서 확정적 실체와 시간성으로서 드러날 수 없는 존재자들은 불확정과 생성의 시간에 속하며, 이는 허무만이 영원한 이미지 연쇄의 리듬으로 계속된다. 존재자와 시간에 대한 이러한 인식은 김춘수에게 있어 언제나 미완성의 여정을 가능하게 한다. 이로써 무의미시 자체는 비결정적이고 유동적이며 매순간 새로운 창조 속에서 현재를 파악하고자 하는 시도를 담고 있는 것이다.

김춘수는 시간성이 수반하는 슬픔을 감지함으로써 존재가 충만하게 펼쳐지는 존재 시원의 시간, 완전성과 고정불변성을 지닌 이데아로서의 시간을 동경하지만, 인식 주체에 의해서는 절대 순수 관념의 시간에 도달할 수 없음을 체험하고 무의미시로 나아간다. 여기에는 존재 물음을 통한 새로운 시간성이 기존의 의미와 언어의 타성에서 벗어난 존재자들로부터 발현되어 나타난다. 이로써 무의미시의 시간성은 인간 중심적 시간성을 탈피한 존재자 중심의 시간성이라 할 수 있으며, 인간의 영역을 벗어난 새로운 존재 생성의 불확정적 시간이라 할 수 있다. 존재 물음을 통해 보여지는 존재자들의 진상은 존재의 본질이라 할 수 있는 불확정성과 변형으로서 드러나는데, 이는 진행형 시제에 의해 효과적으로 표현된다. 김춘수는 이같은 생성의 시간의식을 통해 끊임없는 시적 탐구의 여정을 전개해 나가며 이로써 그는 존재자 전체의 참된 본질을 새로이 파악하고자 하는 것이다. 이는 고정적이고 영원불변하는 이데아로서의 시간과는 상반되는 시간의식이면서도 절대 존재의 진정한 현현을 갈망하는 형이상학적 의도를 담고 있다. 그리하여 점차 인간의 타성적 의미 영역을 벗어나는 그의 시간의식은 존재자 자체를 그대로 드러내면서 객관적 시간 질서의 소멸을 지향하게 된다.

2. 무화되는 시간의 공간화

1) 시간 붕괴의 흔적

기존의 의미에서 벗어난 존재자 자체만을 그대로 드러내주는 무의미
시에 있어서는 시적 화자는 대부분 감추어져 있고 존재하는 사물이나
시공간만이 전적으로 부각된다. 이때 시간과 공간은 질서정연하게 표현
되지 않고 "無重力狀態"(「디딤돌(1)」)에서 나타난다. 무중력의 시공간
이란 가까운 곳과 먼 곳이 뒤섞이고 시간의 계기적 흐름이 뒤바뀌어 무
질서해진 상황을 말한다고 볼 수 있다. 그리하여 무의미시에서는 시간
의 순차적인 질서는 무시되거나 전복되며, 현재에도 종결되지 않은 과
거의 행위가 계속적인 진행형으로 서술된다. 이는 무의미시가 독자적
시간의식의 산물임을 증명한다.

> 天使는 프라하로 가서
> 詩人과 함께 즐거운 食事를 하고,
> 반 고호는
> 面刀날로 제 한쪽 귀를 베고 있었다
> 누가 가만 가만히
> 디딤돌을 하나 하나 밟고 간다.
>
> ―「디딤돌(2)」 전문

이 시에는 이질적인 시간과 공간이 함께 배치되어 있어서 몽환적인
분위기가 환기된다. 더욱이 "詩人과 함께" 어울리며 즐겁게 식사를 하
고 있는 존재는 인간이 아닌 "天使"이기에 그 질적 상이함으로 인해서
도 비현실적 정조는 고조된다. 천사와 식사를 하는 "프라하"의 시인이

142

란 김춘수 시세계와 밀접한 영향 관계에 있는 릴케를 가리킨다고 볼 수 있다. 여기서 아름답고 친근한 모습으로 시인에게 접근한 천사는 인간과 어느 정도의 동류의식을 공유하고 있다. 그러나 실제로 릴케의『두이노의 悲歌』(1922)에는 존재 구조나 의식 구조가 상이한 천사와 인간 사이에 건널 수 없는 심연이 가로놓여 있음이 드러나 있다. 분열과 대립 속에 사는 인간의 허약한 질서 구조로서는 조화의 총아인 천사라는 존재를 대면할 수가 없고 인간의 의식으로 천사는 파악될 수 없는 시공간에 속해 있는 것이다. 만일 인간이 천사와 만날 수 있으려면 자신의 한정된 존재 구조가 타파되는 수밖에 없다. 여기서는 천사가 시인을 만나기 위해 인간의 도시에까지 직접 찾아간 것이므로 천사의 존재 구조 역시 바뀐 것이지만, 무엇보다 천사와 식사하고 있는 시인의 의식 구조가 급격히 변질되었음을 알 수 있다. 이는 인간과 천사라는 이질적 존재의 시공간적 만남이기에 시간 구조와 공간 구조의 변형이며 이질적 의식 구조의 상호 투시이다.

한편, 또 다른 시공에 있는 "반 고호"(Vincent van Gogh)는 프랑스 남부 지방인 아를르(Arles)에서 작품 활동에 전념하다가 1888년 11월, 자신의 귀를 자르는 극도의 정신적 갈등과 내적 파탄에 빠진다. 그는 자신의 예술에 대한 열정과 세계의 간극 사이에서 투쟁해야 했으며 그러한 격정이 폭발한 것이 자신의 귀를 자른 사건이다. 그 유명한 사건은 일회적인 것으로서 이미 종결되어 있지만 이 시에서는 "面刀날로 제 한쪽 귀를 베고 있었다"라는 과거 진행형으로 표현되어 있다. 이는 한 화가의 내면적 격랑이 지속되고 있었던 과거의 미종결을 뜻하며, 앞의 1, 2행이 보여주는 이질적 시간 구조의 어울림과는 대립적 상태이다. 즉, 이 시의 3, 4행은 화가의 내적 고뇌와 분열의 절정을 표현하고 있으므로 이질적 의식 구조의 상응이라는 1, 2행의 명제에 반대되는 상태로서 제출된 것이라고 볼 수 있다. 이는 이질적 시간의식의 조화에 대한 정·반·합의 변증법적 고리로서 모순과 양면성을 드러내는 시행이다. 2행의 마지막이 쉼표로 처리되어 있는 것은 변증법적 매개의 연결고리를 뒷받침하는 것으로 보인다. 따라서 이 시 전체를 변증법적 구조로 파악한다면 마지막 2행은 새로이 도출된 종합적 결론이라고 이해할 수 있다.

"누가 가만 가만히" "하나 하나 밟고" 가는 "디딤돌"은 "無重力狀態의 한없이 먼 곳"(「디딤돌(1)」)을 가리키므로 질서잡힌 시간의식과는 동떨어져 있다. 또한 "디딤돌"이라면 마루 아래 놓아 딛고 오르내리게 된 돌이므로 대개 하나가 놓이게 되는데 이 시에서는 "하나 하나" 여럿이 나열되어 있는 모습이다. 이는 무질서하고 계기가 없는 시간의식의 띄엄띄엄한 병치를 뜻하는 것으로 보이며, 무의미시에서 드러날 시간의식에 대한 상징으로 읽힌다. 시간의 계기성을 부정한다는 것은 계기적으로 발전하는 시간의 과정 전체를 어떤 대상으로 축약한다는 것이며, 이는 곧 시간의 공간화라고 할 수 있다. 이러한 계기성의 거부는 시간의식의 공간적 투사로서, 인간 경험의 재현이 아니라 내면화로서 드러난다.[108] 그리하여 상호 인과적 연관성이 없는 사건들을 배치한 이 시 자체에서는 선조적 시간의식의 진공 상태와 과거, 현재의 동시적 구조가 나타나고 있다. 또한 "디딤돌을" "밟고" 가는 주체는 미지의 불확실한 인칭으로 되어 있는데, 이것은 무의미시 화자의 익명적 성격을 암시해 주는 것이라고 볼 수 있다.

무의미시의 시간성은 계기성이 탈락된 공간화로서 특히 「處容斷章」 제1부에서 죽음이나 계절의 변화, 시간의 경과, 현실과 비현실에 개의치 않는 시제로 드러난다. 「처용단장」 연작시는 제1·2부가 무의미시의 절정으로서 1970년대까지 지속되다가 1990년대에 발표된 제3·4부에서는

---

108) 이승훈, 『문학과 시간』(이우출판사, 1983), p. 190 참고.

변모의 단계를 보인다. 이승훈의 논의에 의하면 무의미시는 3단계로 전개되는데, 1단계는 관념의 수단이 되는 비유적 이미지를 극복하기 위해 시도된 서술적 이미지의 세계로서, 시집『타령조・기타』의 이미지를 위한 이미지의 시들과「처용단장」제1부가 해당한다. 1단계 무의미시에서는 주체와 주관성이 제거되고 부재가 전면적으로 드러난다. 2단계 무의미시는 탈이미지의 세계로서 한 이미지가 다른 이미지를 뭉개버릴 때 태어나는 리듬만이 존재할 뿐, 대상의 자리를 대신한 이미지가 소멸됨으로써 1단계에서 나타난 극단적 묘사성마저 부정된다. 여기에는「처용단장」제2부가 해당하며 대상이 소멸한 다음의 소리와 리듬과 주문의 공간이 전개된다. 3단계 무의미시는 통사해체의 세계로서 현실과 반현실, 역사와 신화의 경계가 와해되는 해체의 공간이며,「처용단장」제3・4부가 이에 해당한다.[109] 특히 무의미시의 결정체라고 할 수 있는「처용단장」제1・2부에서는 객관적이고 균질적인 시간의 붕괴가 일어나며 이는 대표적으로 바다와 눈물 이미지로 표상된다. 본고에서는 무의미시의 1, 2단계까지를 분석의 대상으로 삼는다.

먼저, 1단계 무의미시에 대해 살펴보기로 한다. 시적 화자에게 있어서 중요한 공간 이미지 가운데 하나인 바다는「처용단장」제1부에서 시간의 순서와 존재자의 장소가 뒤바뀐 것으로서 구체화된다.

> 눈보다도 먼저
> 겨울에 비가 오고 있었다.
> 바다는 가라앉고
> 바다가 있던 자리에
> 軍艦이 한 척 닻을 내리고 있었다.

---

109) 이승훈,「체념과 해학」, 김춘수,『라틴점묘・기타』(문학과비평사, 1988), pp. 84-85;「김춘수의 '처용단장'」,『모더니즘의 비판적 수용』(작가, 2002), p. 240 참고.

여름에 본 물새는
죽어 있었다.
물새는 죽은 다음에도 울고 있었다.
한결 어른이 된 소리로 울고 있었다.
눈보다도 먼저
겨울에 비가 오고 있었다.
바다는 가라앉고
바다가 없는 海岸線을
한 사나이가 이리로 오고 있었다.
한쪽 손에 죽은 바다를 들고 있었다.
　　　　　　　　　—「處容斷章」 Ⅰ 의 Ⅳ 전문

　　이 시에서는 일반적으로 존재의 진실이라고 여겨지는 시간적 질서가
위배되어 있다. 눈이 내려야 할 겨울에 "눈보다도 먼저" "비가 오고
있"으며 이러한 사실은 두 번이나 반복되어 강조된다. 제대로 된 시간
질서가 전복된 상태는 존재자의 모습에서도 드러나는데, 즉 "바다가 있
던 자리에/ 軍艦이 한 척 닻을 내리고 있"는 것이다. 이때 존재의 참된
모습은 시적 화자에 의해 고정되거나 규정되지 않으며 존재자가 드러내
는 공허함이 지배적인 분위기를 차지한다. 이와 같은 시간 질서와 존재
자의 역전은 "여름에 본 물새"에게서 변증적으로 종합되어 있다고 볼
수 있다. "죽은 다음에도 울고 있"는 물새는 시간의 순차적 흐름을 염
두에 둔다면 사실은 살아서 "한결 어른이 된 소리로 울"어야 마땅하다.
그런데 물새가 죽은 다음에야 어른이 된 소리로 울고 있다는 것은 존재
자의 완성에 있어 시간적 질서가 무효화되었으며 그 의미 또한 무질서
하게 파열되었다는 것을 지시한다. 따라서 시간의 흐름과 존재자의 완
성은 객관적 질서가 역전된 상태의 공허함을 통해 대변되는 것이다. 이
는 "한쪽 손에 죽은 바다를 들고" "바다가 없는 海岸線을" 따라 걸어

146

오고 있는 "한 사나이"의 경우에도 적용된다. 바다는 "가라앉"아서 없으므로 "사나이"가 걸어오는 길은 바다의 흔적만 남은 "海岸線"으로서 진짜 존재가 증발한 껍데기에 불과하다. 바다는 존재 진리가 구현되지 않은 시공간의 허공이며 의미가 무화되는 장소이다. 그러나 죽음 이후에야 존재의 완성에 이른 "물새"의 경우를 본다면 무의미와 무시간의 진공 상태인 "죽은 바다" 역시 존재의 경험을 위한 가능성을 마련해 두고 있다고 볼 수 있다.

"죽은 바다"가 시간 질서의 무효화 공간인 것과 같이 이 시의 종결 어미들에는 시간의식의 특징적 국면이 나타나 있다. 이 시의 종결 어미는 모두 "~고 있었다"라는 과거 진행형 시제로 되어 있는데, 이는 회상 행위에 관련된 무시간성을 보여준다. 회상 행위는 날짜나 시간적 지표가 없고 어느 때나 일어날 수 있기 때문에 그 행위 자체는 무시간성이라고 할 수 있다.110) 더욱이 과거 진행형이 지니는 존재의 한없는 진행 상태는 무한한 시간성이라기보다는 시간 밖에 있는 경험의 한 성격으로서 무시간성을 강조한다. 이 시에서 전반적으로 시간 질서가 무의미해지고 존재자들이 물리적 시간의 경과와 파괴 작용에 영향 받지 않은 채 그대로 보존되고 있는 원인은 무엇보다도 종결 어미 때문이다. 회상을 과거 진행형으로 처리함으로써 시인은 무시간적 가능성을 획득하고 시에 숨어 있는 서정적 시선 역시 연대기적 시간 질서로부터 벗어나도록 배려하고 있는 것이다. 이는 김춘수 무의미시의 화자가 시간의 범위 바깥에 위치하고 있는 것임을 시사한다.

이러한 무시간성은 김춘수 자신이 무의미시 창작 과정을 밝히면서 언급한 "무의미한 자유연상"(2: 387)이라는 구절과 상관이 있다. 무의식

---

110) Hans Meyerhoff, 앞의 책, p. 91 참고.

의 체계에 있는 사건들은 시간적 순서에 따라 배열되지 않으며 시간 경
과에 따라 변화하지 않으므로 무시간적 특징을 지닌다. 따라서 현실을
변형하여 비존재의 세계를 엿보게 하려는 김춘수의 자유연상 방법은 시
에서 물리적 시간성을 배제하고자 하는 의도를 간직하는 것이다. 이로
써 무의미시에서는 객관적 시간이 붕괴되고 시간 바깥의 무시간성이 두
드러지는데, 이처럼 바다 이미지가 시간 질서 소멸의 공간으로 표현되
는 경우는 「처용단장」 제1부에서 자주 발견된다.

> 울지 말자,
> 山茶花가 바다로 지고 있었다.
> 꽃잎 하나로 바다는 가리워지고
> 바다는 비로소
> 밝은 날의 제 살을 드러내고 있었다.
> 발가벗은 바다를 바라보면
> 겨울도 아니고 봄도 아닌
> 雪晴의 하늘 깊이
> 울지 말자,
> 山茶花가 바다로 지고 있었다.
> ──「處容斷章」Ⅰ의 ⅩⅠ 전문

　동백꽃이 지는 모습을 형상화하면서 존재자와 시간의 상관성을 보여
주고 있는 이 시에는 시간이 사라진 "바다"의 이미지가 부각되어 있다.
소금기를 잘 견디는 동백나무는 바다와 관련이 있다고 할 수 있는데 그
꽃이 피었다가 "바다로" 하염없이 지고 있다. "山茶花" "꽃잎 하나로
바다는 가리워지고" 있다는 구절은 물론 실제 동백꽃의 크기를 말하는
것은 아니다. 이 표현은 "꽃잎 하나"의 존재자가 "바다"와 겹쳐지면서
"바다는 비로소" 제 본래 모습을 열어 보이게 되므로, 그만큼 꽃잎 하

148

나의 존재감이 바다만하다는 의미로 읽을 수 있다. 이 존재의 겹침은
꽃잎이 바다를 대체하는 것이 아니라 오히려 새롭게 바다의 "밝은 날의
제 살을 드러내" 주는 것이기에 존재의 열림으로 이끌린다. 붉은 동백
꽃의 빛깔이 "밝은 날의 제 살"색을 연상시킨 것으로 볼 수 있으며, 이
는 존재자를 새롭게 드러내게 함으로써 인간과 모든 존재자들이 자신의
고유한 본질로 진입하는 것을 가능하게 하고 있다. 이러한 존재자의 현
현은 바다라는 공간에서 이루어지고 있는데 바다는 "벌거벗은 바다"인
동시에 눈이 오고 날이 개는 하늘의 깊이를 지녔으나 "겨울도 아니고
봄도 아닌" 장소이다. 즉, 제 본래의 모습을 열어 보이면서 모든 허울을
벗어버린 바다는 시간성이 사라진 무시간성의 공간인 것이다. 이러한
사실은 존재자의 본질이 구현되는 상태가 무시간성 속에서 "비로소" 이
루어질 수 있다는 의미가 된다. 두 번씩이나 "울지 말자."라고 반복되는
구절은 이처럼 꽃이 진다고 해도 무시간성 속으로의 소멸은 새로운 존
재 가능성을 "드러내"는 것이기에 더 이상 울 필요가 없다는 사실을 강
조한다. 다시 말해 바다는 무시간성의 공간으로서 객관적 시간의 죽음
과 함께 새로운 시간의 가능성을 담고 있는 장소인 것이다. 이는 시간
성을 눈물로 파악한 시인의 초기 인식의 극복으로서, 이러한 창조적 인
식은 존재의 한 변형이라고 할 만하며 그의 무시간성이 존재 물음의 진
리에 연결됨을 말해준다.

　한편, 「처용단장」 제1부에서 바다는 시적 화자의 분신으로서 "내 곁
에"서 자고(Ⅰ의 Ⅲ), "내 살을 적시고" 더불어 자라나는(Ⅰ의 Ⅷ) 생
성의 이미지임을 고려할 때 시적 화자의 정체성을 형성해 주는 모태임
을 알 수 있다.111) 그렇다면 무시간성의 공간으로서 드러나는 바다와

---

111) 「처용단장」 제1부가 시인의 유년 시절과 관련되어 있음은 이미 고찰된
　　바 있다.
　　김현, 「처용의 시적 변용」, 『김현문학전집3: 상상력과 인간/ 시인을 찾

함께 시간적 질서가 붕괴된 시의 자아는 고정된 절대 진리의 부재인 동시에 기존의 자아를 부정하고 새로이 생성되어 가는 과정 자체라고 보는 것이 타당하다. 따라서 무의미시의 자아는 표면화되어 있든지 잠재적 상태이든지 간에 언제나 미결정의 상태로 열려 있는 것이다.

다음으로, 2단계 무의미시「처용단장」제2부 序詩에는 존재자의 속성이 "눈물"로 구체화되어 있으며, 이러한 존재자의 슬픔은 「처용단장」제2부의 전반적인 분위기로서 나타난다. 이는 순간과 영원이라는 속성에 사로잡혀 있는 존재자들의 "눈물"이며 대립을 해체하는 매개로서 작용한다.

> 울고 간 새와
> 울지 않는 새가
> 만나고 있다.
> 구름 위 어디선가 만나고 있다.
> 기쁜 노래 부르던
> 눈물 한 방울,
> 모든 새의 혓바닥을 적시고 있다.
> ―「處容斷章」제2부 序詩 전문

이 시에서는 시간적 속성을 지니는 "울고 간 새와" 시간성에서 벗어나 절대적 속성을 지니는 "울지 않는 새가" 만나고 있다. "울고 간 새"의 순간성과 "울지 않는 새"의 영원성은 울음을 매개로 해서 만나고, 이 만남은 순간과 영원의 만남이라는 점에서 새로움을 창출해 낸다. 즉, 만남을 통해 산출된 "기쁜 노래 부르던/ 눈물 한 방울,"은 기쁨과 눈물의 대립을 무너뜨리고 경계가 해체된 상태이다. 이는 기쁜 노래의 눈물

아서』(문학과지성사, 1991), pp. 193-207.
　최하림, 앞의 책, pp. 208-226.

이므로 눈물이 아니면서 눈물이며, 이 "눈물 한 방울," 속에서 순간과 영원은 무분별의 결정체가 된다.112) 따라서 이 "눈물"은 울음/울지 않음, 시간/영원, 존재/부재, 유/무의 모든 이원적 대립을 해체하는 것으로서 과거/현재의 "모든 새", 울고/울지 않는 "모든 새"에 일일이 상응하고 있다.

이러한 인식은 플라톤적 이원론의 관점에서가 아니라 동양적 사유의 새로움에서 이해된다. 말하자면 모든 이원적 견해는 여러 경계를 취하여 마음에 집착하며 존재를 보는 데서 기인하는 것이라고 할 수 있다. 존재가 공(空)임을 아는 곳에는 아법이상(我法二相)이 없고, 아법이상이 없으면 그것들이 존재로서 있다고 착각하는 데서 생기는 이분법적 견해도 사라지게 된다. 이분법의 해체는 곧 삼라만상에 보편적으로 상응하여 "혓바닥을 적시고 있"는 진공묘유(眞空妙有)의 발견인 것이다.113) 따라서 이 시에 나타나는 대립의 해체는 현상계와 이데아가 이원화되어 있는 플라톤의 이데아 인식을 넘어서는 것이며, 새로운 시간 개념이 존재 물음으로서 구현될 가능성을 보유하는 것이다. 이러한 대립의 해체는 「처용단장」 제2부에서 빼앗아간 주체와 빼앗긴 객체의 대립 해체(Ⅰ), 애꾸눈이와 성한 눈의 대립 해체(Ⅳ), 앉을 수 있는 곳과 앉을 수 없는 곳의 대립 해체(Ⅹ) 등으로 되풀이해서 나타난다. 이는 이데아로서의 시간에 대한 초기의 절망이 무의미시의 극단에서 존재/부재의 대립을 넘어서면서 극복된다는 의미이다.

이처럼 눈물은 관념이 제거되고 이분법적 경계가 사라진 공간에서 강조될 뿐 아니라 객관적 시간의 붕괴를 촉진시키는 역할을 담당한다.

---

112) 이승훈, 「김춘수의 '처용단장'」, 『모더니즘의 비판적 수용』(작가, 2002), p. 244 참고.

113) 고목, 『화이트헤드의 유기체 철학과 불교』(시간과공간사, 1999), pp. 289-309 참고.

둑이 하나 무너지고 있다.
날마다 무너지고 있다.
무너져도 무너져도 다 무너지지 않는다.
나일江邊이나 漢江邊에서
女子들은 따로따로 떨어져서 울고 있다.
어떤 눈물은
樺榴나무 아랫도리까지 적시고
어딘가 둑의 무너지는 부분으로 스민다.

　　　　　　　　　　　　　　—「落日」 전문

　해지는 시간이 공간화되어 있는 이 시에서는 시간과 공간이 동시에
흐르고 있다. 즉, 해가 지는 것을 "둑이 하나" 무너지고 있는 광경으로
환치시킴으로써 날마다 지는 해가 떠오르고 다시 지는 것을 "무너져도
무너져도 다 무너지지 않는다"라고 한다. 둑이란 해, 다시 말해 시간을
지시하는데 이 시간의 흐름 속에 있는 "女子들은" "나일江邊이나 漢
江邊에서" "따로따로 떨어져서 울고 있다". 이는 시간 속에서 울 수
밖에 없는 인간 존재의 고독과 나약함을 드러낸다. 해지는 광경은
전 지구 위에서 동시에 일어나지 않고 공간상의 거리감으로 인해
"따로따로 떨어져서" 일어나므로 이러한 시공간의 차이는 고독감을
강화시킨다. 그러나 존재자의 시간성에는 공간의 차이에도 불구하고
어디에나 눈물이 스며들어 있다. "어떤 눈물은" "어딘가 둑의 무너
지는 부분으로 스민다"는 구절에서는 시간이 무너지는 데 눈물이 스
며들어 감으로써 "어딘가" 일조하는 바가 있음이 암시된다. 또한
"樺榴나무"란 자단(紫檀)의 목재로서, 자주빛을 띠고 아름다우며 박
달나무처럼 단단해서 주로 가구재나 건축재로 쓰인다. 이처럼 단단
한 나무에 눈물이 스며들어 "아랫도리까지 적"신다는 것은 그만큼
눈물이 존재 성격을 무르게 연화시키는 성질이 있다는 뜻이 된다.

따라서 눈물은 시간의 붕괴를 재촉하며, 시간으로 환치된 "둑"은 시간과 일체가 되어 무너짐으로써 존재자와 시간이 함께 무화되는 장면이 효과적으로 드러난다. 초기시에서 시간성 자체를 의미했던 "눈물"은 여기에서 시간의 붕괴를 촉진하는 물질로서 작용하며, 이는 시간의 특성 자체에 무화의 요소가 포함되어 있음을 가리킨다. 즉, 시간은 무형의 상태에 형상을 부여함으로써 이루어진 것이기 때문에 질서가 있고 측량 가능한 모습을 지니면서도 동시에 형상의 계속적인 분열, 곧 무를 향해 움직이고 있다. 그러므로 시간은 존재자와 마찬가지로 있으면서도 없는 것으로서, 이 시는 시간이 지니고 있는 존재와 비존재의 특성 가운데 비존재의 측면에 더욱 초점이 맞추어져 있다.

　이와 같이 무를 향해 움직이며 붕괴되는 시간은 항상 지나가는 것으로서만 존재하기 때문에 존재와 비존재의 사이에 있으며, 모든 존재자와 함께 무화의 가능성을 지닌다. 시간의 붕괴를 보여주고 있는 무의미시에서는 더 나아가 시간의 흔적까지도 부정되고 오직 없음만이 절대화되는 시간의식이 드러난다. 이는 존재/부재의 대립이 해체되고, 고정불변하며 확고부동한 이데아로서의 시간 대신 가변적이고 불확정적인 새로운 시간 개념이 무의미시에서 구현됨을 뜻한다.

　　바다 밑에는
　　달도 없고 별도 없더라.
　　바다 밑에는
　　肛門과 膣과
　　그런 것들의 새끼들과
　　하나님이 한 분만 계시더라.
　　바다 밑에서도 해가 지고
　　해가 져도, 너무 어두워서

밤은 오지 않더라.
하나님은 이미
눈도 없어지고 코도 없어졌더라.
흔적도 없더라.

—「해파리」 전문

　투명한 강장동물인 해파리는 몸의 95% 가량이 수분으로 이루어져
있어서 해수면을 부유하며 이동하는 모습이 눈에 잘 띄지 않는데, 이는
마치 존재와 부재의 경계에 있는 상태라고 할 수 있을 것이다. 헤엄쳐
다니는 힘이 약해 해류와 파도에 의해 움직이는 해파리는 화자가 경험
한 무화의 세계의 한 단서가 된다.
　시에 나타난 "바다 밑"은 "달도 없고 별도 없"으며 "해"도 "밤"도
없는 곳, 말하자면 "너무 어두워서" 시간의 흐름조차 없는 곳이다. 이러
한 "바다 밑에서도 해가 지고" 있다면 연이어 밤이 찾아오는 것이 당연
하지만, 이곳에서는 절대적 암흑만이 존재하므로 시간의 한 형태라고
할 수 있는 "밤은 오지 않"는 시간의 완전한 공백 상태가 유지되고 있
다. "바다 밑에는" 생존에 필수적인 배설 및 생식과 "그런 것들의 새끼
들과/ 하나님이 한 분" 존재할 따름이다. "하나님"이라는 절대자가 이
러한 계열체와 함께 묶여 있다는 것은 생존의 절대적 근원으로서 존재
하는 것이라고 볼 수 있다. 그러나 시간이 무화된 "바다 밑"의 공간에
서 "하나님은 이미/ 눈도 없어지고 코도 없어"져서 "흔적도 없"는 상
태이다. 이는 달도 별도 해도 밤도 없는 "바다 밑"의 무시간적 상태와
동질적인 것으로, 다시 말해 시간의 흔적조차 부정되는 공간 속에서 절
대적 존재마저 부정되고 있음을 의미한다. 동시에 이같은 무화의 세계
는 "해파리"라는 특이한 존재자, 곧 "눈도 없어지고 코도 없어"져서
"흔적도 없"이 존재와 부재의 동시적 형태로 존재하는 "해파리"와 겹쳐

지고 있다. 이는 "해파리"라는 대상을 통해 흔적 없이 존재하면서 현존과 부재의 대립 구조를 넘어서는 무시간성의 공간, 존재와 비존재의 양면성이 무화되는 상태가 전면화된 것임을 보여준다. 뿐만 아니라 "~더라"라는 종결 어미는 무만이 지배적인 세계에 대한 과거의 경험을 표현하며, 존재자에게서 드러나는 무화의 흔적을 있는 그대로 나타낸다.

이와 같이 무의미시에서는 존재자 자체로부터 개현되는 시간, 연대기적 시간 질서의 붕괴, 이분법적 대립의 해체로서 드러나는 존재 물음의 시간적 특징을 파악할 수 있다. 시간의 탐색에 의해 시인은 존재자로부터 보여지는 존재 진리의 시간을 지향하며 새로운 시간의 개념을 성취한다. 따라서 이러한 작업은 확고부동하고 질서정연한 시간을 부정하면서 확정적 의미나 관념을 제거한 언어를 통해 이루어진다. 이는 존재 탐구에서 선회한 무의미시의 창작방법을 통해 증명된다.

2) 탈역사화된 언어 공간

김종삼의 경우와 마찬가지로 김춘수는 세계와의 관계에서 인지한 존재와 시간의 문제를 해결하기 위해 시쓰기의 공간에 몰두한다. 전술한 대로 김춘수는 존재와 언어에 대한 물음을 던짐으로써 무의미시로 이행했다고 볼 수 있는데, 그 이행 과정에서 드러나는 탈역사성은 개인 체험에서 강화된 자의식[114]의 결과이다. 이러한 존재와 언어에 대한 물

---

114) 김춘수가 역사, 이데올로기, 관념을 하나의 계열체로 보고 현실과 이분법적 관계로 파악한 사실에 관해서는 이미 검토된 바 있다. 이는 시인의 역사 체험에서 비롯된 감정적 해석으로서 인간을 역사의 객체로서만 인식하고 주체로서는 인정하지 못한 한계를 안고 있음이 지적되었다.
김준오, 「무의미시와 서정 양식」, 『한국현대장르비평론』(문학과지성사, 1990), pp. 29-47.
김인환, 「과학과 시」, 『상상력과 원근법』(문학과지성사, 1993), pp.

음을 거쳐 구축되는 순수 언어의 세계는 다음 시에 어느 정도 암시
되어 있다.

1

詩를 孕胎한 言語는
피었다 지는 꽃들의 뜻을
든든한 大地처럼
제 품에 그대로 안을 수가 있을까,
詩를 孕胎한 言語는
〔중략〕
一陣의 바람에도 敏感한 觸手를
눈 없고 귀 없는 無邊으로 뻗으며
설레이는 가지 끝에
설레이며 있는 것이 아닐까,

2

이름도 없이 나를 여기다 보내 놓고
나에게 言語를 주신
母國語로 불러도 싸늘한 語感의
하나님,
제일 危險한 곳
이 설레이는 가지 위에 나는 있읍니다
〔중략〕

3

112-136.

156

엷은 햇살의
외로운 가지 끝에
言語는 제만 혼자 남았다.
言語는 제 손바닥에
많은 것들의 무게를 느끼는 것이다.
그것은 몸 저리는
喜悅이라 할까, 슬픔이라 할까,
어떤 것들은 환한 얼굴로
언제까지나 웃고 있는데,
어떤 것들은 서운한 몸짓으로
떨어져 간다.
―그것들은 꽃일까,

―「裸木과 詩」 부분

　　각 연마다 의문문을 포함하고 있는 이 시는 언어가 존재의 진리를
현현해 낼 수 있을 것인가에 대한 회의를 되풀이하여 제출하고 있다.
이때 "피었다 지는 꽃들의 뜻"이란 존재 개화의 의미를 말하는데, 시적
화자는 "詩를 孕胎한 言語"가 존재의 본질을 그 자체로서 현존하게 해
줄 수 있을 것인지 의심하고 있는 것이다. 화자는 "이름도 없"는 "無名
의 어둠"(「꽃을 위한 序詩」) 속, "설레이는 가지 위에"서 "발뿌리"를
떨며 위태롭게 서 있다. 이는 존재 의미가 구현되어야 할 "든든한 大
地"와는 매우 대립적인 장소이며 극도로 불안정한 지점이다. 이러한 화
자의 위치는 "詩를 孕胎한 言語"의 위치와 동일하므로 이는 언어가 자
아화된 형상이라고 볼 수 있다. 따라서 "一陣의 바람에도 敏感한 觸手
를/ 눈 없고 귀 없는 無邊", 곧 존재의 캄캄한 허공을 향해 내밀고 있
는 언어는 시적 화자의 불안정과 "危險"함을 체감한다. 이는 언어의 주
체에 의해서는 존재 진리가 구현될 수 없어서 "母國語로 불러도" 존재
의 실체를 느낄 수 없는 시적 화자의 싸늘한 직감으로 이어진다. 즉, 시

적 화자와 언어의 위태한 지점에서는 존재의 고유한 본질이 "든든"하지
도, "安定"적일 수도 없는 것이다.

이 지점에서 시적 화자는 안정감 있는 존재의 의미 대신 "외로운 가
지 끝에" "혼자 남은 言語" 자체를 지향하게 된다. "제만 혼자 남"은
언어란 존재 개화의 의미 없이 홀로 "많은 것들의 무게"를 감당하는 주
체로서, "많은" 존재자들의 "喜悅"과 "슬픔"을 온몸으로 감내한다. 즉,
"혼자 남은 言語는/ 많은 것들이 두고 간/ 그 무게의 明暗을" 짊어지
게 되며, 시는 그러한 명암으로 이루어진 세계가 된다. 이때 위태로운
언어가 새로이 구성하는 세계는 많은 존재자들이 지니는 자체의 무게와
깊이와 어둠과 밝음을 드러내는 까닭에 "어떤 것들은 환한 얼굴로/ 언
제까지나 웃고 있는데,/ 어떤 것들은 서운한 몸짓으로/ 떨어져" 가기도
한다. 다시 말해, 시는 언어의 타성에 젖은 자의성이나 시적 화자의 의
도에 의해 임의로 구성되는 것이 아니라 존재자들의 고유한 "몸짓"에
의해 건축되는 것이다. 이는 "의미를 넘어서려고 할 때 스스로 부숴
진"(2: 384) 언어가 존재자로부터 울려나오는 말에 응답하는 것이며,
기존의 의미에 물들지 않은 좀더 진정한 존재의 로고스를 향해 나아가
는 것이다. "그것들은 꽃"이라고 할 수도 있으나 인간의 의미 규정에서
벗어나 순수하게 존재자로부터 보여지는 언어의 불확성석인 세계이다.

그렇다면 언어에 있어서 남아 있는 부분과 떨어져 나간 나머지 부분
이란 무엇인가. 이에 대한 답변은 다음의 시에서 찾을 수가 있다.

> 겨울하늘은 어떤 不可思議의 깊이에로 사라져 가고,
> 있는 듯 없는 듯 無限은
> 茂盛하던 잎과 열매를 떨어뜨리고
> 無花果나무를 裸體로 서게 하였는데,
> 그 銳敏한 가지 끝에

158

> 닿을 듯 닿을 듯하는 것이
> 詩일까,
> 言語는 말을 잃고
> 잠자는 瞬間,
> 無限은 微笑하며 오는데
> 茂盛하던 잎과 열매는 歷史의 事件으로 떨어져 가고,
> 그 銳敏한 가지 끝에
> 明滅하는 그것이
> 詩일까,
>
> ―「裸木과 詩 序章」 전문

　이 시에서 "裸木"은 "茂盛하던 잎과 열매"가 떨어진 다음 나무의 정수만 남은 본질적인 것으로서 곧 존재의 알몸을 가리킨다. 존재의 알몸을 지시하는 이미지가 '꽃'이 아니라 "無花果나무"라는 사실은 시적 화자가 꽃과 별 대신 순수한 '없음'을 향하기 시작했음을 보여준다.115) 시의 제목에 "序章"이라고 되어 있는 것 역시 시적 변모를 암시하고 있다. 이때 순수하고 "銳敏한 가지 끝에/ 닿을 듯 닿을 듯하는 것이/ 詩"일지도 모른다고 화자는 긴장에 찬 물음을 던진다. 이는 존재의 순수한 부재에 닿는 시야말로 새롭게 태어난 언어로써 이루어지며 이를 통해 "無限", 곧 영원이 다가온다는 자각으로 이어진다. 존재자의 본질적인 결정체는 비본질적인 것들이 "떨어져" 나간 다음, 다시 말해 "歷史의 事件으로 떨어져" 간 다음에 "不可思議의 깊이"에서 솟아나는 것이다. 언어에서 비본질적인 것으로 탈락된 것은 역사의 사건과 같이 무가치한 것이기에 화자는 역사를 버리고 영원을 붙잡고자 하는 것이다. 따라서

---

115) 신범순은 '無花果나무'가 '꽃'이 없는 나무로서, 김춘수의 '꽃' 연작들과 하나의 패러디 관계를 이루면서 의미의 전환점을 이룬다고 파악하고 있다. 신범순, 앞의 글, p. 70 참고.

역사가 탈락된 언어로 이루어진 시는 존재의 본질적인 공허함을 드러내면서 "明滅"하게 된다. 여기서 "그 銳敏한 가지 끝에"서 흔들리는 언어의 세계는 안정되어 있거나 고정불변하는 어떤 것이 아니다. 탈역사화된 언어가 드러내주는 세계 역시 가변성과 불확정의 세계이기 때문이다. 이는 긴장과 불안정 가운데 있지만 그러한 언어야말로 진정한 존재를 보여주는 데 가장 적절한 것이 된다. 따리서 이처럼 순수하게 구현된 언어 공간은 존재자가 말하는 본질로서 성립된다.

언어에서 역사가 탈락된다는 것은 역사적으로 의미 있는 방향을 취하는 것처럼 보이는 일상적 사건들에 대한 부정으로서, 언어가 환기하는 선후 관계와 계기성이 탈락되고 삶과 역사의 흐름이 단절된다는 의미이다. 따라서 이는 언어에서 삶과 역사가 빠져버린 것이며, 더욱이 무의미시의 언어는 시적 주체의 의도나 지배력에 의해 좌우되지 않고 자율적으로 형성되므로 더 이상 일상적 자아도 반영하지 않게 된다. 이처럼 언어에서 시간적인 특성들이 사라지고 현실과 분리된 것은 시인이 탈역사주의를 지향한 필연적인 결과이기도 하다. 그러나 시인이 언어를 관념적, 비유적으로 쓰던 타성을 극복하기 위해 즉물적이고 서술적인 언어를 사용한 것은 역시와 관념의 반대편에서 "리얼리즘을 확대하면서 초극해 나가"(2: 386)기 위한 의도였다. 그가 리얼리티를 외면하지 않은 것은 현실에 대한 절망의 견딤의 방식으로 시쓰기를 선택했다는 사실을 통해 알 수 있으며, 관념을 배제하고자 했던 것도 역설적으로는 관념 과잉 상태인 현실을 의식했기 때문이다. 이와 같은 순수 의도는 역사에 의한 김춘수의 내적 인식의 상처에도 결부되어 언어의 탈역사화로 나아가게 된 것이다. 이는 허무의 영역에서 역사와 관념을 이겨낸 순수 언어 공간을 구성하는 한편, 현실적 주체를 반영하지 않는 시를 형성한다. 무의미시에서 전면화된 시간의 특수성은 존재 물음과 결부된 언어에 대한 물음에서 기인한 것이라고 볼 수 있다.

모란이 피어 있고
병아리가 두 마리
모이를 줍고 있다.

별은 아스름하고
내 손바닥은
몹시도 가까이에 있다.

별은 어둠으로 빛나고
正午에 내 손바닥은
무수한 금으로 갈라질 뿐이다.
肉眼으로도 보인다.

主語를 있게 할 한 개의 動詞는
내 밖에 있다.
語幹은 아스름하고
語尾만이 몹시도 가까이에 있다.

—「詩法」 전문

　　무의미시의 작시법에 관한 이 시에는 언어에 대한 시적 화자의 태도
가 명시되어 있다. 시적 화자에게는 "몹시도 가까이에 있"는 것들과
"아스름"한 것들의 두 계열이 구분되어 있는데, 우선 "별"과 "語幹"은
그에게서 멀고 "내 손바닥"과 "語尾만이 몹시도 가까이에 있다". "별"
이 존재의 절대 순수를 가리킨다는 사실(「꽃의 素描」)과 "語幹"이 활
용어의 활용에 있어 변하지 않는 부분임을 고려한다면, 이들이 시적 화
자에게서 아득히 떨어져 있다는 것은 절대 불변의 관념적 존재가 그에
게는 실현될 수 없음을 의미한다. 더욱이 시적 화자는 "正午"라는 밝음
속에 있기에, "어둠으로" 인해 빛나는 별은 대낮의 하늘에서는 보이지

조차 않는다. 그에게는 손가락 사이로 스며드는 밝은 햇살에 의해 "무수한 금"의 섬세한 갈라짐까지 "肉眼으로도" 보이는 "손바닥"만이 의미가 있다. 이 "손바닥"은 "많은 것들의 무게를 느끼는"(「裸木과 詩」) 언어의 손바닥, 곧 언어가 주체가 된 시를 연상시킨다. 언어가 주체가 된 시만이 의미가 있기에 이는 그에게 "몹시도" 밀착되어 있으며, 이처럼 가까이에 있는 언어는 손금처럼 여러 갈래로 갈라지는 언어, 곧 용언이나 서술격 조사에 붙어 쓰임새에 따라 여러 가지로 활용하는 "語尾"로 연결된다.

이에 앞서 시적 화자는 "主語를 있게 할 한 개의 動詞는/ 내 밖에 있다."라고 단언한다. 이때 주체의 동작이나 작용이나 뜻을 결정하는 "動詞"는 시적 화자의 밖에 있는 상태이므로, "主語"란 인식 주체의 지배력에서 자유로운 존재자를 가리킨다고 이해할 수 있다. 그렇다면 이는 존재자의 언어가 존재에 대한 진정한 물음과 통한다는 뜻이다. 이는 무의미시의 언어 상태를 지시하는바, 시적 화자의 바깥에 있는 어간과 어미 가운데 "語尾만이 몹시도 가까이에 있다"는 시행은 무의미시에서 주체가 된 언어가 존재의 확정성과는 거리가 멀고 존재자의 변화, 생성과 밀접하다는 의미를 내포한다. 다시 말해, 무의미시의 언어 공간은 존재의 이름보다는 존재자의 동사, 그것도 변화와 생성에 가까운 언어로 짜여진다. 언어에 대한 시적 화자의 태도는 존재자가 거느리고 있는 시간성에 대한 태도라고 할 수 있으므로, 이는 무의미시의 익명의 화자와 시간성의 궁극적 지향점 문제로 이어진다.

3) 회화의 시공간

무의미시에서는 내면화된 시간의식이 공간적 투사로서 나타나며 이는 그 자체 회화적 성격을 지닌다. 회화는 과학적 사유와 반대로 모든 사물의 미리 앞서 있는 '있음'에 뿌리내리고 있을 뿐 아니라, 화가만이 아무런 평가의 의무를 지니지 않은 채 사물을 응시할 자격을 구비하고 있다.116) 말하자면, 회화는 다른 예술보다 탁월하게 현상학적이라는 점에서 그 고유성이 나타난다. 회화는 하나의 단순한 바라봄을 혁신하고 존재를 다시 보게 하는 것이다. 무의미시는 존재자가 드러내는 존재를 있는 그대로, 아무런 편견이나 기존의 가치에 물들지 않은 상태대로 소생시키고자 하기 때문에 주로 회화적 이미지가 지배적인 것으로 보인다. 특히 시인은 무의미시를 시도한 이후 시각적으로 선명한 회화적 이미지를 활용할 뿐만 아니라 회화를 소재로 하는 시를 여러 편 창작한다. 이들 시편은 「처용단장」 제1·2부 이후에 창작된 것으로서, 높은 묘사성을 획득하고 있다.

> 아내는 두 번이나
> 마굿간에서 아이를 낳고
> 지금 아내의 毛髮은 구름 위에 있다.
> 봄은 가고
> 바람은 平壤에서도 東京에서도
> 불어 오지 않는다.
> 바람은 울면서 지금
> 西歸浦의 남쪽을 불고 있다.
> 西歸浦의 남쪽
> 아내가 두고 간 바다,
> 게 한 마리 눈물 흘리며, 마굿간에서 난
> 두 아이를 달래고 있다.
> ―「李仲燮 2」 전문

---

116) Maurice Merleau-Ponty, 「눈과 마음」, 『현상학과 예술』, 오병남 역(서광사, 1983), pp. 285-289 참고.

「이중섭」 연작은 화가 이중섭의 생애와 작품을 염두에 두고 쓰여진 시편들이다. 이중섭(1916-1956)은 일제 시대와 해방, 한국전쟁을 거치면서 좌우 노선의 대립으로 인한 질시와 가난, 육체와 정신의 질병으로 고통을 받았다. 그러면서도 그는 아내에 대한 사랑과 순수한 예술혼으로 치열한 생애를 살았는데 시인은 「이중섭」 연작시 9편 모두를 아내와 이별한 상황에 처한 이중섭, 그리고 그의 작품에 집중시키고 있다. 이는 이중섭이 살던 서귀포에서 시인이 느낀 "지질학적 감각"[117) 때문인 것으로 보인다.

이 시에서는 이중섭이 아내와 함께 가난한 시절을 살았음이 드러난다. 그런데 아내가 "마굿간에서 아이를 낳"았다고 하는 구절은 마굿간에서 태어난 아기 예수를 연상시키므로 화가의 가난이 숭고한 것으로 승화되어 있음을 보여준다. 이중섭은 지금 "서귀포의 남쪽" 바닷가에 살고 있는데 이 공간은 과거에 살던 "平壤"이나 "東京"과 단절된 장소이다. 과거의 추억이 깃든 지리상의 공간과 단절되어 있기에 "바람"은 과거의 시공간에서 불어오지 않는다. 과거의 공간과 동떨어져 있으면서도 이중섭은 지질학적 감각으로 슬픔에 침잠되어 있다. 그에게 슬픔을 가져다 주는 것은 시간의 흔적으로서 불어오는 바람이며, 이는 슬픔의 원인이 되는 덧없음, 곧 허무이다. 바람이 시간의 흔적으로서의 허무를 의미한다면, "아내가 두고 간 바다"는 아내에 대한 그리움을 유발시키는 시공간적 흔적을 뜻한다. 따라서 이 시에는 시공간의 흔적이 허무와

---

117) 김춘수는 제주도에 여행갔던 일을 회상하면서 서귀포 바닷가에서 자갈과 조개껍질의 지질학적 파편들이 주는 유구한 시간의 덧없음의 슬픔을 전신으로 느꼈다고 한다. 그러면서 그는 이중섭의 순수와 슬픔이 견고한 예술가의 것이라고 언급한다. 이는 시인 자신이 허무에서 비롯한 순수와 슬픔에 기울어 있기 때문이며, 지질학적 감각이란 지리상 동떨어진 존재의 파편들일지라도 순수와 슬픔을 선명한 화석처럼 간직하고 있는 본질성을 뜻한다(2: 475).

그리움으로 드러나 있으며, 이는 역사적으로 효용가치는 없지만 견고하고 본질적인 슬픔과 순수를 일깨운다. 또한 이중섭의 회화에 자주 등장하는 소재인 "게 한 마리"마저 "눈물 흘리며" 슬픔의 주체가 되고 있는데 이로써 모든 존재자를 묶어주는 허무에 대한 반응이 나타나고 있다. 그리하여 "지금"의 공간은 시간적 허무로서 형상화된다.

> 바람아 불어라,
> 西歸浦에는 바다가 없다.
> 남쪽으로 쓸리는
> 끝없는 갈대밭과 강아지풀과
> 바람아 네가 있을 뿐
> 西歸浦에는 바다가 없다.
> 아내가 두고 간
> 부러진 두 팔과 멍든 발톱과
> 바람아 네가 있을 뿐
> 가도 가도 西歸浦에는
> 바다가 없다.
> 바람아 불어라,
>
> ―「李仲燮 3」 전문

이 시에서도 역시 "아내"가 일본에 가 있는 동안 "西歸浦"에 남아 있는 화가 이중섭의 내면 풍경이 드러나 있다. 앞에서 인용한 시 「李仲燮 2」에서 "아내가 두고 간 바다"는 여기서는 더 이상 존재하지 않으며, 이는 끝없이 불어온 바람이 마치 바다를 휩쓸어 가버린 듯한 인상을 준다. "西歸浦에는 바다가 없다."라는 표현은 "아내가 두고 간" 삶의 고단한 흔적들만이 남아 있을 뿐, 아내와 화가 자신을 연결해 주는 "바다"마저 사라져 버려 허무가 극심해진 상태임을 보여준다. 화가에게는 허무만이 압도적이며 "가도 가도" "바다가 없"는 황막한 풍경만이 시야에 들어올 따름이다. 이러한 상황에서 그는 "바람아 불어라."라고 반복해서 말하고 있는데 이는 허무를 받아들이고 마주함으로써 이를 극복하고자 하는 태도이다. "끝없는 갈대밭과 강아지풀과" 화자 자신까지 쓸어가 버릴 바람은 현존하고 있는 무화의 공간에 대한 형상화이며, 허무의 시간에 대한 이미지라고 할 수 있다. 화가인 이중섭이 허무를 직시하는 자세는 시인 김춘수가 무의미시 창작을 통해 허무에 직면하는 태도와 동일하며, 이로써 회화를 통해 존재자의 순수한 허무가 드러나고 있다.

회화를 매개로 이중섭의 내면을 그려내고 있는 이 시에서는 화자가 이중섭 자신과 동일시되어 있고 이러한 내면 풍경은 화가의 그림을 또한 연상시키고 있다. 이는 화가가 자기 자신을 세계에 열어 놓음으로써 사물들이 자신의 내면에 "그들 현존에 대한 육화의 공식들을 환기시켜 놓는"[118] 방식과 마찬가지이다. 즉, 화가들은 모든 사물들을 바라봄으로써 자기 자신을 바라볼 수 있는데, 이 시에서는 시인이 회화를 봄으로써 화가와 시인 자신의 예술적 내면을 비추고 있는 것이다. 이는 김춘수에게 이중섭의 회화가 거울로서 작용했음을 의미한다. 거울이란 사물을 하나의 광경으로 바꾸고 다시 그 광경을 사물로 바꿔 놓으며, 자기 자신을 타인으로, 타인을 자기 자신으로 바꾸는 도구이다. 따라서 김춘수는 자신의 예술가적 기질과 이중섭의 회화 속에서 발견한 유사성을 거울 삼아 허무적 시공간을 펼쳐 보인 것이다. 이때 거울은 김춘수에게

---

118) Maurice Merleau-Ponty, 앞의 책, p. 294.
  메를로-퐁티는 이 글에서 "우리 앞에 거기에 있는 질과 색과 깊이는 그것들이 우리의 몸 안에서 반향을 일으키기 때문에, 우리의 몸이 그것들을 마중하기 때문에 오직 거기에 존재한다"라고 함으로써 사물들이 보는 자의 내면에 내적 등가물을 형성한다고 파악한다. 그리하여 그는 눈은 사물의 거울이며, '내가 그것을 본다'고 말하기보다는 '그것에 의해' 혹은 '그것과 더불어' 본다고 말함이 좀더 정확한 표현이 될 것이라고 이해한다.

타인과 상호소통할 관문이 된다고 할 수 있다. 그러나 주의할 것은 김춘수가 이중섭의 생애와 작품을 통해 비추어 본 것은 궁극적으로는 시인 자신의 예술적 내면이라는 점이다. 이는 이중섭 연작이 강한 회화성을 보여주고는 있으나 탈주관성과 탈이미지의 극단에 서 있는 무의미시의 세계가 아니라 어느 정도의 해석을 허용하는 단계에 있음을 뜻한다. 즉, 김춘수는 무의미시를 추구해 가는 과정에서 「처용단장」 제2부까지의 극도의 긴장 및 대상이 소멸한 다음의 철저한 허무를 견디는 동안 잠시 그 무게를 덜고자 한 것으로 보인다. 이는 현실의 폐허를 견디는 정신의 긴장이 그만큼 힘겨웠음을 반증하며 「처용단장」 제3·4부의 극단적 해체로 가기 위한 전(前) 단계로서 긴장을 다소 늦춘 것이라고 이해된다. 이로써 회화를 소재로 한 시에서는 무의미시의 익명성보다는 주체가 어느 정도 부연되어 상징적으로 표현되는 경우가 발생한다. 즉, 김춘수에게 이중섭이라는 화가는 지금까지의 무의미시 탐구에 대한 상징인 것이다.119) 이는 무의미시에서는 존재자 자체가 기존의 의미 논리를 부정하면서 드러나는 데 비해 이중섭 연작에서는 허무에 대한 정서적 반응이 상징으로 드러난다는 사실을 통해서도 알 수 있다.

그렇다면 「이중섭」 연작의 경우와 변별되는 무의미시의 익명성이란 무엇인가. 김춘수는 "현상학적 망설임(판단중지, 판단유보)의 상태"(2: 396)에 의해 순수 이미지의 세계를 구축함으로써 무의미시에서 일체의 관념을 제거한다. 이때 현상학적 작용은 자아에 대한 철저한 반성으로서 수행되는데120) 반성적 자아에는 반성하는 자아와 반성되는 자아의

---

119) 이승훈, 「김춘수론— 시적 인식의 문제」, 『현대문학』(1977. 11), p. 267 참고.

120) 후설은 현상학적 환원(Epoché, 소박한 자연적 태도에 대한 판단중지)에 의해 인식의 궁극적 근원에 대한 해명을 시도하는데, 이러한 환원은 자아의 선험적 작용 자체로의 환원으로서 '철저한 반성'이라 할 만한 것이다.

양면성이 포함된다. 양자 사이에는 반성이 수행될 때 '지금'과 '바로 전' 사이의 간격이 생기므로 이러한 현상학적 환원 자체에는 시간성이 원천적으로 드러난다. 다시 말해 가장 궁극적인 시간성이란 반성을 통한 자아의 자기 분열을 의미하며, 이는 반성으로써 자아 스스로가 시간적 존재로 구성된다는 뜻이다.121) 따라서 김춘수의 판단중지에 의한 무의미시 창작은 자아에 대한 반성으로써 구성된 시간성의 구현이며, 이는 시간성에 대한 궁극적 원천의 해명으로 나아간 것이라고 볼 수 있다. 반성으로써 발견되는 시간성은 근원적으로 남은 자아에 의해 인식되므로, 무의미시에서 드러나는 시간은 내면 의식의 근원적 지점이자 현실의 자아와는 단절된 존재자 자체 개현의 시간, 비인간화된 익명의 시간성이 될 수밖에 없다. 이와 같은 무의미시의 시간은 「처용단장」 제2부에서 고찰한 대로 객관적 시간 질서가 붕괴되고 존재/부재의 대립이 해체된 새로운 시간의 본질을 구현한다. 근원적 지점으로서의 무의미시의 익명성은 모든 대립이 자리잡기 전의 시간의 궁극적 생성 지점이며 불확정적이고 유동하는 원천이기 때문이다.

존재자에 의해 드러나는 시간성은 비결정적이고 유동적이며 매순간 새로움 속에서 정립되는 미적 모더니티의 시간성임을 앞 장에서 살펴보았다. 모더니티란 주체의 자기 재정립이라고 할 수 있다. 그런데 김춘수의 무의미시에서는 근원적 자아의 구성에 따라 일상의 현실적 주체와의 관계는 단절된 상태이다. 이는 현실적 자아의 자기 자신과의 연계성이 끊어지고 더 이상 현실적인 인식 지평으로 나아갈 수 없게 된 상황이

철저한 반성은 더 이상 환원될 수 없는 최후의 반성이므로, 세계를 이해하고 정립하는 의식 활동이 판단중지된 상태에서도 이 판단중지를 수행하는 자아 기능으로서 있는 반성이다.

121) 소광희, 「살아 있는 현재」, 이영호 편, 『후설』(고려대출판부, 1990), pp. 118-120 참고.

다. 따라서 미적 모더니티를 수행하는 인식자로서 정립되어야 할 주체
의 욕망이 어느 정도 일어날 수밖에 없게 되며, 이로써 김춘수의 회화
를 소재로 한 시 일부에서는 주체가 다소 부연되어 나타나게 되는 것이
다. 이와 같은 시적 단계는 『라틴점묘·기타』에 실린 다음 시에서도
발견된다.

    그 하나, 몸져 누운 어릿광대

    토담을 등에 지고 쓰러져 있던
    엿장수 아저씨,
    기분 좋아 실눈을 뜨고
    입에는 게거품을 문
    거나하게 취한 얼굴 만월 같은 얼굴,
    [중략]
    그러나 그는 울고 있었다.
    해저무는 더딘 봄날 멀리멀리 지워져 가던
    한려수도 그 아득함,

    그 둘, 교외의 예수

    예수는 얼굴이 그때보다도
    더욱 문드러지고 윤곽만 더욱 커져 있다.
    좌우에 선 야곱과 요한,
    그들은 어느 쪽도 자꾸 작아져 가고 있다.
    크고 밋밋한 예수의 얼굴 뒤로
    영영 사라져 버리겠다. 사라져 버릴까?
    [중략]
    교외의 예수, 예루살렘은 지금
    유카리나무가 하늘빛 꽃을 다는

그런 가을이다.
　　　　　　　　—「루오 할아버지가 그린 유화 두 점」 부분

　　루오(G. H. Rouault, 1871-1958)는 자신이 살았던 시기의 어느 누구보다도 회화를 통한 인간 문제를 깊이 탐구한 화가이다. 그는 창녀나 어릿광대, 패배자나 법정의 사람들을 소재로 삼기 시작하면서 어둡고 추악하며 참혹한 인간의 비극성과 고통에 주목하였다. 주로 수채로 그려진 제1기의 어릿광대는 언제나 대중 앞에 나와 있으면서 평화와 안식 없이 속세의 세파에 시달리는 형상을 하고 있다. 이에 비해 유화로 그려진 제2기의 어릿광대는 무대 뒤의 어두운 방으로 돌아가 인생의 짐을 한탄하는 듯한 모습을 보여준다.

　　이 시에 표현된 "몸져 누운 어릿광대"는 루오의 제2기 어릿광대에 해당하는 것으로, 내용상 그림이 다소 변형된 상태이다. 이는 시인 김춘수의 고향 "통영읍"을 배경으로 하고 있으며 "토담을 등에 지고 쓰러져 있던/ 엿장수 아저씨"를 소재로 하고 있다. 이 "엿장수 아저씨"는 평소에는 소란스레 엿가위 소리를 내며 마을을 돌아다니면서 아이들을 모으고 즐겁게 해주는 위인이지만, 여기서는 "거나하게 취"해 쓰러져 있다. 일상의 그나 술에 취한 채 "기분 좋아" "육자배기"를 흥얼대는 그는 피상적으로는 행복과 가까운 사람인 듯 보이지만 징작 그의 내면은 언제나 "울고 있"는 중이다. 그리하여 시적 화자는 엿장수의 삶에 밴 애환의 진상을 목격하고 가슴 아팠던 "해저무는 더딘 봄날"의 경험을 회상하면서 루오의 어릿광대 그림이 보여주는 비극성을 그대로 환기하고 있다. 이는 회화에 대한 감상이 시적 화자가 경험한 "그때의" 시공간에 결부되면서 현실성이 어느 정도 개입된 것이며 회화의 주체적 수용으로서 나타난 것이다. 그러나 이때 일어난 회화의 내용상 변형은 루오의 회화를 변질시킬 정도로 심하게 이루어진 것은 아니며, 이는 약화된 현실의 개입이라고 할 수 있다.

　루오의 또 한 편의 유화 "교외의 예수"는 시에 표현되어 있는 대로 어두운 거리와 하늘의 해, 적막한 몇 채의 집과 길게 뻗은 길 위에 작은 인물이 하나, 그 곁에 더 작은 인물이 둘 그려져 있는 풍경화이다. 이는 "예루살렘"의 변두리를 지나는 "예수"와 제자 "야곱과 요한"으로서, 얼굴의 형체는 희미하게 처리되어 있어서 곧 지워질 듯한 분위기를 풍긴다. 이러한 인물들의 형상을 보고 "영영 사라져 버리겠다. 사라져 버릴까?" 하고 말하고 있는 시적 화자의 목소리는 이 시의 표면에서 직접 발화되고 있다. 이는 무의미시에서는 결코 드러나지 않던 화자가 노출된 상태이며, 화자의 회화에 대한 느낌 역시 드러나 있는 상태이다. 회화 속의 장면이 "이천 년이 지났"다는 언급은 시적 화자의 현재 시점을 보여주며 현실성을 지시한다. 또한 "교외의 예수, 예루살렘의 지금/ 유카리나무가 하늘빛 꽃을 다는/ 그런 가을이다."라는 시행에서는 그림 속의 시공간과 현실적 화자의 시공간이 겹쳐지고 있다. 그러나 이같은 현실성의 개입이 주체의 전면적인 복원을 의미하는 것은 아니다. 다만 이 시기에 시인은 「처용단장」 제3·4부의 극단적 현실 해체로 나아가기 직전에 다시금 현실을 떠올려볼 만큼 신중한 자기 진단의 과정을 거쳤던 것이라고 해석된다.

　살펴본 바와 같이 김춘수가 무의미시를 추구해 나가면서 배제시킨 현실성은 무의미시 이후 주체의 재정립 요구에 따라 어느 정도 시에 부연되는 경우가 있다. 이는 시인의 철저한 허무에 대한 시적 긴장의 작업이 지난한 것이었음을 증명하며, 3단계 무의미시로 나아가기까지의 여정에서 끝없는 모색의 과정을 거쳤음을 보여주는 것이다. 시인의 시적 인식에 동반된 이러한 변모의 여정은 끊임없이 수행된 모더니티 의식으로서 드러난 것일 뿐 아니라, 기존의 의미와 시간성에서 벗어나 존재자 전체를 새롭게 하고 시간의 참된 지향점을 발견하고자 하는 숨은 의도를 간직하고 있다.

3. 근원적 현재 구조

김춘수 시에 있어서 변화와 극복의 내적 토대에는 진정한 존재와 시간을 지향함으로써 기존의 의미와 객관적 시간 질서를 부정하고, 자아에 대한 철저한 반성을 통해 새로운 시간을 구현하려는 의지가 작용하고 있다고 해석된다.

김춘수는 시작 활동의 초기부터 소멸의 운명에 처한 존재의 변전 속에서 시간성이 수반하는 슬픔을 감지하면서 존재가 안고 있는 무상성에 대한 문제의식을 선취한다. 이는 자연스럽게 존재 개화의 본질적 충만함과 순수한 이데아로서의 시간에 이끌리게 되지만, 시인은 허무의식과 인식론적 회의를 거쳐 존재의 허무한 진상에 직면하게 된다. 즉, 그는 존재 진리와 이데아로서의 시간이 인식 주체와 기존의 관념을 통해서는 확정될 수 없다는 절망적 인식을 거치면서 존재자가 스스로를 열어 보이도록 내맡김으로써 허무한 세계를 새로운 안목으로 바라보게 된다. 이는 존재의 진정성에 직면하겠다는 허무 정신의 표출이며, 초기시에서부터 내재해 있었던 허무적 태도가 순수 존재와 이데아로서의 시간이라는 관념에 부딪치면서 표면화된 모습이다.

존재 이해의 중심이 인간 주체에서 존재자 자체로 옮겨짐으로써 김춘수는 존재자로부터 드러나는 존재 물음에 직면하게 되고, 이같은 존재 물음은 기존의 존재 의미가 떠난 시간의 현현을 향해 나아가는 길목이 된다. 이는 무의미시를 통해 이루어지는데 이때 드러나는 시간은 존재자 자체로부터 개현되는 시간, 연대기적 시간 질서의 붕괴, 이분법적 대립의 해체로서 드러나는 존재 진리의 시간으로 특징지어진다. 특히, 무의미시에서 시간의 객관적 질서는 붕괴되어 시간의식이 공간적 투사로서 나타나며, 무의미시의 익명의 화자는 시간 바깥의 무시간성에 결부

172

되어 드러난다. 이와 같은 무의미시의 시간성은 존재/부재의 대립이 해체된 새로운 시간의 개념으로서 구현된 것이며, 매순간 새로워지는 시적 여정 속에서 구체화된 것이다.

그리하여 무의미시의 언어는 시간의 경과에 의해 훼손되지 않는 무시간성을 드러낼 뿐 아니라 탈역사화된 순수 공간을 형성한다. 무의미시의 언어 공간은 현실의 인식 주체와 분리되어 있으며 변화와 생성에 가까운 언어로 짜여진다. 무의미시가 현실적 자아와 단절되어 있는 원인은 그 창작 과정이 현상학적 작용에 의해 근원적인 자아에 도달해 있기 때문이다. 무의미시의 창작은 자아에 대한 철저한 반성을 통해 포착된 시간성의 구현이며, 존재와 시간에 대한 궁극적 원천으로서의 자아를 구성하는 작업인 것이다. 이와 같은 현상학적 작업이 김춘수에게 필연적인 까닭은 피상적 이데올로기와 관념에 대한 절망 때문이기도 하지만, 시적 자아에 대한 극복 의지가 작용했기 때문이라고도 볼 수 있다. 그에게는 존재의 환한 열림을 이해할 수 없는 태생적 어둠과 돌처럼 폐쇄적인 자아가 잠재해 있었기에 존재자의 현현으로 나아가기 위해서는 자아에 대한 철저한 환원이 이루어져야 했던 것이다. 이러한 현상학적 환원을 통해 그는 새로이 생성되어 가는 미결정 상태의 자아와 함께 존재자가 드러내는 시간을 포착할 수 있게 된다. 따라서 무의미시에 나타난 시간은 의식 내면의 근원적 거점에서 발현되어 언제나 현재에 근거하고 있다. 이는 존재자들의 변화와 생성을 강조하는 현재 진행형 시제(~(하)고 있다)는 물론이고 회상 행위의 무시간성을 드러내는 과거 진행형 시제(~(하)고 있었다) 역시 시간의 흐름에 침해당하지 않는 현재에 기반해 있음을 통해 알 수 있다. 이 현재는 시간의 궁극적 생성 지점이면서 불확정성과 유동성으로 특징지어진다.

이러한 시간 구조는 무의미시의 익명의 화자가 항상적으로 작용한 결과 나타나는 특징이다. 즉, 무의미시에서 최종적으로 남아 있는 근원적 자아는 항상 현재로서만 기능하는 자아이므로 그 존재 방식은 언제나 현재일 수밖에 없다. 이는 무의미시에 나타나는 화자의 존재 방식을 통해 파악된다.

> 베라가 가고 있다.
> 映山紅 꽃그늘의
> 작은 밝음보다 작은 꼬리를 떨구고
> 베라가 가고 있다.
> 베라가 가고 있는
> 연못바닥에서 오늘은 깊고 깊은
> 하늘이 하나 떠오른다.
> 가고 있는 베라,
> 베라 마즐로바의 뒷덜미에
> 昨年에도 내린 진눈깨비가 銀灰色으로
> 또 한번 반짝인다.
>
> ―「어떤 反射」 전문

이 시에서는 "베라 마즐로바"라는 한 인물이 "가고 있"는 장면이 현재화되어 있다. 이 장면을 관찰하는 시적 화자는 존재하지만 노출되어 있지 않고 익명성으로서만 감지된다. 그런데 "베라가 가고 있다"라는 구절이 되풀이된 것으로 보아 시간의 흐름에 따라 베라는 계속해서 가고 있고, 그것을 보는 시선은 계속 현재로만 있음을 알 수 있다. 더욱이 시의 제목이 '어떤 反射'이므로 익명의 화자는 연못에 비친 베라, "가고 있는 베라"를 "진눈깨비가" "반짝"하는 극도의 짧은 순간에 보는 것이다. 그렇다면 이 시에서는 익명의 화자가 보고 있는 현재의 순간이 대단히 확대되어 있는 것이며, 그 순간에 베라는 다른 날에도 가고, 오늘도 가고, 작년에도 가고, 올해에도 가는 모습인 것이다. "昨年에도 내린 진눈

174

깨비가" 지금 "가고 있는 베라"의 "뒷덜미에"서 "또 한번" 반사되고 있
다는 구절에서는 시간이 경과하고 있는데도 현재의 화자는 반짝이는 현
재만을 본다는 사실이 드러나 있다. 이는 숨어 있는 익명의 화자가 시간
이 흐르듯 흐르고 있는 존재자를 언제나 현재에서만 파악한다는 의미이
다. 이 현재는 흐르고 있는 존재자와 달리 항상 그대로 있는 현재로서
과거화되지 않는다. 이 점에서 익명의 시선은 시간화되지 않는 의식,
시간 외적 의식이라고 볼 수 있다. 따라서 이 화자는 시간적 존재에
대해 태도를 취하는 의식의 근원이며, 근본적으로 비시간적 현재에
만 자리한다.122) 무의미시의 시간적 특수성이 발현된 근거는 이와
같은 근원적 현재 구조에 있다. 이는 시간 이미지 바깥에 위치함으
로써 물리적 시간의 무상성에 의해 부식되지 않는 새로운 시간의 구
현을 보여준다.

　　여름은 가고
　　네 毛髮을 생각한다.
　　가을이 와서 落葉이 지면
　　네 毛髮은 바다를 건너
　　더욱 깊이 내 잠 속으로 오리라.

---

122) 소광희, 앞의 책, pp. 497-516 참고.
　　현상학적 환원에 의해 발견되는 항상적으로 작용하는 자아의 존재 방식
　은 '살아 있는 현재'로서, 이는 최종적으로 작용하는 자아이므로 결코 반
　성의 대상이 될 수 없다. 따라서 생생하게 살아 있는 의식의 생 자체이
　며 항상 현재로만 있는 자아는 비시간적, 선(先)반성적이라 할 수 있고,
　반성을 통해 알려질 수 없다는 점에서 익명적이다.
　　김춘수 무의미시의 화자가 익명성을 지닌다는 사실에 관한 고찰은 이은
　정, 「김춘수와 김수영 시학의 대비적 연구」(박사학위논문, 이화여대,
　1993); 권혁웅, 『한국 현대시의 시작방법 연구』(깊은샘, 2001)에서 개진
　된 바 있다.

바람이 이제
어제의 제 그늘을 떠나고 있다.
분꽃 하나가 바람을 따라 흐르고 있다.
하늘 높이 눈을 뜨고 불리우며
흐르고 있다.
마침내 깊이깊이
이 세상의 분꽃 하나가
하늘에 묻히리라.

―「네 毛髮」 전문

  익명의 화자에 의해 드러나고 있는 이 시에서는 시간의 지평에 대한 지각을 읽을 수가 있다. 시간의식으로서 지각의식이 아닌 것이 있을 수 없고, 또한 지각의식이면서 시간의식이 아닌 것이 있을 수 없다. 따라서 이 시의 현상학적 현재에서는 '지평적으로'(in terms of horizon) 과거와 미래를 조망하는 입각점[123]이 나타나 있다. 즉, 익명의 화자는 "이제" 방금 현재적이었던 것과 "마침내" 곧 다가올 사실들을 바라보는 거점으로서 있는 것이다. 이는 화자가 지각하는 "네 毛髮", "바람", "분꽃 하나"의 흐름에 비해 시간이 흘러도 사라지지 않고 항상 현재화되어 있는 자아에 의해 포괄되어 인식된다. "여름은 가고" 셰질이 마낌에 따라 "落葉"도 가고 난 뒤, "바다를 건너/ 더욱 깊이 내 잠 속으로" 오게 될 "네 毛髮"은 시간의 흐름을 표상하면서 그리움을 형상화한다. 또한 "바람"은 아직 화자의 의식 가운데 현재해 있는 "어제의 제 그늘을 떠"남으로써 시간의 부단한 흐름을 보여준다. "분꽃 하나" 역시 "바람을 따라 흐르고 있"는데, 이는 흐르는 꽃잎을 지켜보는 어떤 인식의 지점, 정지해 있는 익명적 거점을 상정한다. 그리하여 시간의 흐름은 지금 있음, 방금 있었음, 곧 다가오고 있음이라는 세 계기를 통해 이루어지고 있으

---

123) 김영민, 앞의 책, p. 81 참고.

나, "네 毛髮을 생각"하고 과거와 미래를 포괄하는 화자의 시선은 항구적인 구조 속에 위치해 있다. 따라서 익명의 화자는 서로서로 잇달아 다가오고 밀려가는 현재의 부단한 흐름에도 불구하고, 궁극적으로는 흐르지 않고 모든 시간 발생의 원천으로서 존재하는 시간화의 발원 장소라고 이해할 수 있다. 이로써 근원적 현재의 방식으로 존재하는 익명의 화자는 "마침내 깊이깊이/ 이 세상의 분꽃 하나가/ 하늘에 묻히"게 된 뒤에도 불변하는 항상성으로서 현전하고 있을 것임을 알 수 있다.

무의미시의 익명성은 대부분 이처럼 시간 내적 성격을 지니지 않고 시간화되지 않는 항상적 현재로서 기능한다. 이는 무의미시에서 존재 의미를 배제시킨 결과 의미의 근거가 되는 시간성이 탈락하고, 익명의 화자 또한 시간에 대해 가장 궁극적인 의식으로서 위치하게 된 것이다. 이러한 화자는 현상학적 반성을 통해 부단히 자기 분열하고 또다시 자기 동일화하는 근원적 자아이자 미적 모더니티를 계속해서 이루어 나가는 자아로서 필연적이다. 언제나 근원적 현재에 근거하고 있는 화자가 아니고서는 무의미시의 절대 순수의 허무 공간을 매순간 새롭게 지탱해 나갈 수 없기 때문이다. 이러한 시간 구조는 무의미시를 지속해 나간 시인의 최후의 경지를 보여주며, 지금까지 고찰한 무의미시의 불확정성, 변형과 생성으로서의 시간의식이 근거하고 있는 토대이다. 이는 모든 경계와 대립이 해체되고 매순간 형성되면서 고정되지 않는 역동성으로서의 항상성, 곧 새로운 영원의 개념으로 이어진다. 따라서 허무를 극복하기 위한 모색의 끝없는 과정에 있어 시인은 궁극적으로 무상성 및 고착성이 탈색된 영원에 이르는 길로 나아가게 된 것이다. 이는 존재의 무화를 인식한 시인의 의지와 이데아로서의 시간에 대한 동경이 플라톤적 이데아의 고정불변성을 부정하는 새로운 시간의 본질을 발견함으로써, 역동적인 시간성의 궁극으로 향하게 된 결과라고 할 수 있다. 이로써 익명의 화자의 존재 방식은 시인의 일관

된 고민이 결실을 얻은 것이며 무의미시의 최종적 지향점이 된다.
익명의 화자의 무시간적 항상성은 다음 시에서와 같이 과거에 대해
서만 아니라 미래에 대해서도 순수하게 작용한다.

천정을 새던 물,
대야에 들던 물이 하늘로 가서
어느 날엔가 등나무 뿌리를 적시고
등나무꽃을 피운다.
등나무꽃은 하늘로 가고
어느 날엔가 연둣빛 빛나는
등나무 열매도 하늘로 간다.
간밤 천정을 새던 물,
대야에 들던 물이
하늘로 가서
어느 날엔가 그 어느 날엔가
떡갈나무 잎새를 적시고
자네 偏頭의 아문 데도 적신다.
　　　　　　　　　　　—「꿈꾸는 꿈」 전문

　이 시에서 사물들의 움직임과 변화를 관찰하는 화자는 대상적으로 인
식되지 않고 계기상의 시간 위치에 대해서도 확정되어 있지 않은 익명
성의 상태이다. 즉, "천정을 새던 물", "대야에 들던 물", "등나무꽃",
"등나무 열매"는 과거와 미래적 시간 상태에 연결되어 있지만, "어느
날엔가" 이루어질 변화를 보는 화자의 시간적 입지는 불확정 상태인 것
이다. "간밤 천정을 새던 물"을 보았던 화자는 그 물이 증발했다가 땅
으로 떨어져 "어느 날엔가 등나무 뿌리를 적시고/ 등나무꽃을 피"우는
것을 이미 보고 있다. 또한 화자는 그 꽃이 지고 난 뒤 등나무에 "연둣
빛 빛나는" 열매가 맺히고 다시 지는 것 역시 미리 보고 있다. 따라서

익명적 화자는 과거에 위치하면서도 미래를 경험하고 있으며 이는 현재적 사건처럼 눈앞에 선명하게 펼쳐지고 있는 것이다. 다시 말해 익명의 화자는 시간 위치의 불확정성에 근거하면서도 시간의 모든 흐름에 대해 현재적 태도를 보인다. 이는 바꾸어 생각하면, 익명의 화자가 일정한 시간 위치에 구속되어 있는 개별 사물들과는 달리 전 시간에 걸쳐 현재로서 존재하고 있는 것이다. 일정한 시간에 구속되지 않고 어느 시간에나 편재해 있으면서 시간의 경과에 의해 변질되지 않는 근원적 현재를 고수하고 있는 시의 화자는 무시간적 항상성으로서 존재한다.

이는 어떠한 시간에도 작용하는 궁극적 자아이므로 이러한 시간적 특질은 시간의 무상성과 거기에서 비롯한 인간의 고통을 치유하는 기능을 한다고 볼 수 있다. 근원적 현재의 자아에 의해 "대야에 들던 물"의 과거성이 미래적 현재로서 "어느 날엔가 그 어느 날엔가/ 떡갈나무 잎새를 적시고/ 자네 偏頭의 아문 데도 적신다."는 구절은 이와 같은 시간의 상처를 어루만지고자 하는 바람을 표현하는 것이다. 이 시의 제목이 '꿈꾸는 꿈'이라는 사실 또한 그 소망의 애잔함을 일깨워준다.

무의미시의 익명의 화자가 드러내는 근원적 현재는 모든 시간에 대해 흐르면서 살아 있는 의식으로서, 항상성의 구조를 지니며 새로운 영원에 이르는 시간 구조라고 해석할 수 있다. 이는 시인이 내적 결핍에 대면하여 자아를 새롭게 형성하는 과정에서 획득한 가치 이상의 의미를 지닌다. 모든 존재자에게서 존재의 진정성을 발견하는 시인은 존재자들을 위해 영원이라는 거점을 마련한 것이기 때문이다. 시간의 무상성과 고착성에서 인간을 구원하는 길은 시간을 양적으로 연장하여 더 긴 시간을 만드는 데 있는 것이 아니라, 오로지 영원에 매개됨으로써만 활짝 열리게 되는 것이다. 이는 항상 흐르면서 살아 있는 의식의 생으로서의 영원이기에 고정적이고 변화를 배제하는 이원론적 이데아와는 근본적으로 다른 것이며, 존재를 재구성하고 탈역사화하는 여정을 통해 객관적이고 질서정연하며 확고부동한 시간을 극복하는 방향으로 나아간 것이다. 따라서 이는 시인에게뿐만 아니라 시간성이 초래하는 슬픔을 짊어진 모든 존재자들에게 값진 의의를 지닌다. 김춘수는 미적 모더니티를 수행하며 부단히 생성되는 새로운 영원성을 지향함으로써 존재와 시간의 한계를 극복하고 이와 같은 성취를 이루어낸 것이다.

V. 결 론

　지금까지 1950년대 이후 모더니즘 시의 중심 인물인 김종삼과 김춘수의 시간의식을 고찰함으로써 미적 모더니티 수행 방식으로서의 시세계 형성 과정을 살펴보았다. 두 시인의 시세계를 해명함에 있어 이러한 관점을 취한 것은 이들 시세계의 의식적 기반에는 모더니즘의 근본 문제의식으로서 미적 모더니티 사유 방식에 내재한 시간의식이 작용하고 있기 때문이다. 이들은 세계인식으로서의 미적 모더니티의 깊이를 수행하고 시세계의 내적 동인에 있어 근대적 시간관의 일직선적이고 객관적인 공허함을 극복하고자 하였다. 여기에서 미적 모더니티는 특정한 시간의식 내에서 이해될 수 있기에 김종삼, 김춘수 시의 모더니티에 관한 규명은 시적 인식의 측면에서 시간의식을 중심으로 이루어졌다.

　사회역사적 모더니티의 일직선적 시간관에 대한 회의로부터 탄생한 미적 모더니티는 주관적이고 개인적인 시간의식을 환기한다. 이는 인간의 의식 속에 놓인 경험과 관련된 시간으로서 끊임없이 재정립되면서 창조되는 과정과 생성으로서의 시간의식을 의미한다. 이러한 면에서 미적 모더니티의 시간 구조는 매순간 새로운 창조 속에서 현재를 파악하려는 시도를 담고 있다. 김종삼과 김춘수는 이와 같은 시간의식을 드러내면서 시적 자아와 세계를 계속적으로 재구성해 가는 여정을 보여준다. 이들 두 시인의 세계인식의 근저에는 허무의식이 자리하고 있는데 이는 두 시인이 모더니즘의 정신을 따라가는 데 없어서는 안 되는 출발점으로서 의의를 지닌다. 허무의식은 모든 가치와 의미의 부재이며 모더니즘은 허무적 관점에서 창조된 미적 대응으로서 끝없는 자기 형성으로 드러난다. 따라서 두 시인이 허무의식을 통과하여 새로운 가치와 이상을 창조하고자 할 때 그러한 주체의 형성 과정은 모더니즘이라는 미적 형태로 나타나게 된다. 허무의식은 모더니즘의 기반이며 김종삼과 김춘수가 각각 죽음과 자아, 존재와 시간의 문제로 나아가는 인식적 토대로서 작용한다.

김종삼은 시간 속에 배태되어 있는 죽음의 문제에 부딪침으로써 근본적으로 시간은 무와 죽음을 낳는다는 의식에서 출발한다. 그는 죽음의 폭력성과 고통으로 인해 시간을 세속적인 것으로 인식할 뿐만 아니라 고통에 매몰된 현재가 영원히 지속된다는 비관적 감각을 통해 세속적 시간의 영속성을 파악한다. 시인은 이러한 시간에 대한 절망을 거쳐 다른 시간으로 이탈하는데, 시간의 세속성은 시적 화자가 선량한 사람들과 만나거나 축제의 시간에 참여함에 따라 성화의 과정을 거친다. 김종삼의 시간의식은 세속적 시간과 신성한 시간의 대립구도에 의해 짜여지며, 그의 경우 한번 성화에 도달한 시간이라 할지라도 절대적인 것으로 고착화되지 않고 계속적인 실존적 깨달음으로 재해석된다.

죽음을 언제나 실존적으로 파악하는 시인은 죽음에 대해 고정적인 태도를 취하지 않고 의식의 변화에 따라 죽음에 대한 관념을 변화시켜 나간다. 이는 죽음이 시적 자아와 더불어 성장하며 자아화, 내면화되어 있다는 의미로서, 인간 실존의 역사성 내에 수용되어 시간화되어 있다는 뜻이다. 즉, 죽음을 앞질러 인식하는 선험적 결의성에 의해 시의 화자는 자기 존재의 미래, 과거, 현재를 총체적으로 통합하여 이해하고 죽음을 내면화한다. 이로써 죽음에서 기인한 실존의 문제는 시간과 자아의 통일성을 회복하고 시적 화자의 자기정체성을 정립하는 문제가 된다. 육화된 죽음의 체험은 매순간 새로운 시간화의 국면을 띠고 나타나는데 이는 곧 죽음에 대한 미적 모더니티 의식이라고 이해할 수 있다. 미적 모더니티 의식은 매번 새롭게 정립되면서 창조되는 시간의식으로서 작용하기 때문이다. 시의 화자는 이러한 의식의 과정 속에서 새로운 자아를 조성하고 시간의 성숙에 도달하며, 이러한 의식의 조정이야말로 시간의식의 본질적 역동성이라고 할 수 있다. 이같은 의식 하에 진행된 시쓰기는 죽음의 육화로서 영원히 종결되지 않는 불확정성의 시간이자, 일직선적 시간의 편향성을 극복하고 자아의 정립을 이루는 생성과 변형의 시간이 된다.

한편, 죽음의 고통에서 기인한 시간의 폐쇄성은 시간 흐름 자체인 음악이 공간화됨에 따라 극복된다. 시간예술인 음악은 환상적 공간을 조성하는 추동력이 되어 공간을 변형시키고 죽음의 무상성에 사로잡힌 인간 사이의 유대감을 강화시킨다. 이로써 시적 화자는 자신만의 죽음에 국한되지 않고 타인의 죽음이 지닌 실존적 역사성을 수용하여 시간의 개방성에 참여하게 된다. 이와 같은 시적 성취는 시간의 변형과 재창조로서 구현되고 부단히 새롭게 조정되면서 결과적으로는 시간의 획일성과 동질성을 청산하게 된다. 이때 의식 작용에 있어 근본 토대가 되는 것은 상상적 기억 구조로서 이는 김종삼 시에 있어서 새로운 자아 개념을 이끌어내는 중추적 구실을 한다. 즉, 김종삼 시의 화자는 현재화된 과거의 기억에 대한 상상적 태도를 통해 시간과 자아의 구조를 재정립한다. 이와 같은 의식의 역동성은 시적 화자를 해방시키고 시간의 비가역적 완고함과 객관성에 저항하게 함으로써 현재의 물질적 흐름으로부터 벗어나게 한다. 상상적 기억 구조에 입각해 있음으로써 시적 화자는 죽음을 배태하는 직선적 시간의 불모성을 극복하고 과거를 재구성할 뿐 아니라 자기 존재를 재정립한다. 자아정립의 시간이란 일직선적으로 전진하는 근대적 시간의 공허함을 극복하는 의식의 시간으로서 의의를 지닌다.

김춘수는 시작 활동의 초기부터 소멸해 가는 존재의 무상성에서 비롯한 슬픔 및 객관적 시간의 무가치함을 인식함으로써 시간성의 극복을 향해 나아간다. 그는 시간성이 수반하는 슬픔을 감지함으로써 존재가

184

충만하게 펼쳐지는 존재 시원의 시간, 완전성과 고정불변성을 지닌 순수한 이데아로서의 시간을 동경하지만, 인식 주체에 의해서는 절대 순수 관념의 시간에 도달할 수 없음을 체험하고 무의미시로 나아간다. 무의미시는 허무한 시간에 속한 존재자 전체를 새로운 안목으로 보려는 시도이자 허무주의의 본질을 드러내는 의식의 긴장으로서 구체화된다. 존재 이해의 중심이 인간 주체에서 존재자 자체로 옮겨짐으로써 김춘수는 존재자로부터 드러나는 본질을 직시하게 되고, 이같은 존재 물음을 통해 기존의 존재 의미가 떠난 시간의 현현을 향해 나아가게 된다.

무의미시의 시간은 인간의 영역을 벗어난 새로운 변형과 생성의 불확정적인 것으로 특징지어진다. 특히, 존재자 자체가 주도적인 무의미시에서 시간의 연대기적 질서는 붕괴되어 시간의식이 공간적 투사로서 나타나며, 이는 인간 경험의 내면화로서 드러난다. 요컨대, 무의미시의 시간이란 존재자 자체로부터 개현되는 시간, 연대기적 시간 질서의 붕괴, 이분법적 대립의 해체로서 드러나는 존재 물음의 시간이다. 이러한 특수성은 고정불변하며 확고부동한 이데아로서의 시간 대신 가변적이고 불확정적인 새로운 시간의 구현을 의미한다. 이는 관념적 이데아로서의 시간에 대한 초기의 시적 절망이 무의미시의 극단에서 고착성을 넘어서면서 극복된다는 의의를 지닌다. 이로써 무의미시에서 획득되는 새로운 시간은 확정적 의미나 관념을 제거한 언어를 통해 이루어진다. 즉, 무의미시의 언어 공간은 안정감 있는 존재 의미 대신 기존의 의미에 물들지 않은 언어의 불확정적 세계로 구축되는 것이다. 무의미시에서는 역사가 탈락되어 있으므로 언어의 선후 관계와 계기성 역시 탈락되어 있는데 이는 인식 주체와 단절되어 형성되는 변화와 생성의 언어로 이루어진다. 따라서 탈역사화된 무의미시의 언어는 존재자 자체를 보여주는 데 적절한 것이 된다.

무의미시는 존재자가 드러내는 정황을 있는 그대로 보여주려는 현상학적 의도에 따라 회화적 이미지로써 구성된다. 무의미시의 절정인 「처용단장」 제2부 이후 창작된 회화의 시공간은 시간적 허무로 채워져 있으면서도 한편으로는 주체가 상징적으로 부연되는 경우가 있는데, 이는 역설적으로 철저한 허무에 대한 긴장의 지난함을 반증한다. 이러한 무의미시의 창작 과정은 현상학적 작용에 의해 근원의 자아에 도달해 있다. 무의미시의 창작은 자아에 대한 철저한 반성을 통해 포착된 시간성의 구현이며, 존재와 시간에 대한 궁극적 원천을 구성하는 작업인 것이다. 이러한 자아는 미적 모더니티를 수행하기 위해 필연적이다. 따라서 무의미시의 시간 구조는 의식 내면의 근원적 거점에서 발현된 항상적 현재 구조를 취한다. 이는 시간적 존재에 대해 태도를 취하는 의식으로서, 무의미시의 익명의 화자의 존재 방식이다. 이 익명의 화자는 모든 시간 발생의 영원한 원천이며 시간 위치의 불확정성에 근거하면서 근원적 현재를 고수한다. 이는 언제나 흐르면서 매순간 살아 있는 의식으로서 항상성의 구조, 곧 영원의 개념으로 이어진다. 시인은 허무에 직면하는 시적 태도를 통해 고정불변하고 이원적인 시간의 관념을 극복하고 마침내는 불확정성과 생성으로서의 새로운 영원에 도달한 것이다. 익명의 화자의 근원적 현재 구조에 근거하여 김춘수는 진정한 존재와 시간을 구현하고 무의미시의 절대 순수의 허무 공간을 형성할 수 있게 된다. 이는 자아에 대한 철저한 반성을 통해 객관적이고 질서정연하며 확고부동한 시간의 무상성과 고착성을 극복한 것으로서 의의가 있다.

두 시인은 허무의식을 기반으로 근대적 시간의 불모성과 고착성을 극복함으로써 세계에 대면한 자아의 결핍을 해소하는 방향으로 나아갔다. 이 과정에서 김종삼은 죽음과 자아정립을 통해 시간의 통일성과 개방성을 구현하고 김춘수는 존재와 시간의 개념을 새롭게 정립했다. 이들의 시적 여정 자체는 미적 모더니티의 시간의식의 구현으로서 가치를 획득한다. 이로써 이들은 끊임없는 창조와 생성으로서의 시간에 참여한 것

186

이며 시간에 대한 인식의 독자성은 두 시인에게서 몇 가지 차이점으로 드러난다.

첫째, 김종삼의 경우는 실존의 역사성 내에서 죽음을 수용하기 때문에 죽음에 대한 인식은 자기 체험적이며 육화된 시간의식으로 나타나는 반면, 김춘수의 경우는 현상학적 환원에 의해 도출된 근원적 의식만이 기능하므로 역사성이 배제되고 비인간화된 시간으로 드러난다. 둘째, 김종삼은 죽음과 자기정체성의 정립에 있어 죽음의 숙명으로 맺어진 사람들과 유대감을 느낌으로 인해 현실 세계에 대한 개방성을 보인다. 그러나 김춘수는 존재자로부터 드러나는 진정성 자체를 보여줌으로써 일상적 자아가 표백된 허무의 공간을 드러내었고 이는 일상적 현실에 대한 폐쇄적 태도를 표방한다. 그러나 이러한 차이점은 두 시인이 다같이 존재의 고통과 무상성 앞에 놓인 존재자들을 위해 죽음을 사유하고 새로이 영원을 구현해 나갔다는 점을 고려해 볼 때 공통되는 시적 태도로 묶인다고 본다. 이는 두 시인이 직선적 시간의 공허함에서 상상적으로 벗어나는 의식 구조를 통해서든, 시간 바깥의 선(先)시간적 현재 구조에 입각해 있든 간에 객관적 시간으로부터 이탈하려는 태도로 묶이는 것과 마찬가지이다. 이로써 김종삼과 김춘수는 끝없이 열린 시적 과정 가운데 미적 모더니티의 시간의식을 견지해 나간 것이다.

한국 현대문학사에 있어 큰 비중을 차지하는 모더니즘 정신은 이들 두 시인에게서 높은 성취로서 나타난다. 김종삼, 김춘수 두 시인은 허무 의식에 입각하여 모더니즘의 세계인식을 자기화하였으며 이들의 내면 탐구와 시간의식은 1960년대 모더니티의 기반이 된다. 따라서 이들에 대한 좀더 온당한 평가는 1960년대로 이어지는 여타 모더니즘 계열 시인들의 시세계와 관련하여 고찰해야 할 필요가 있다. 1960년대 모더니즘 시의 특성은 허무주의의 변용과 세계인식의 변모에서 파악할 수 있으며, 내면 탐구를 지향한 여러 시인들의 시공간은 미적 모더니티의 시간의식과 어떻게 결부되는지 파악해야 한다. 이는 미적 모더니티의 시간의식에 대한 좀더 다면적인 이해를 통해 오늘날까지 이어지는 모더니티 정신의 해명으로 확장되어야 한다. 본고는 앞으로 이러한 과제를 남겨두고 있다.

· 저자 ·

박은희   1971년 경기도 일산 출생.
         1994년 성신여대 국어국문학과 졸업.
         1999년 『문학동네』 문예공모에 「저녁 해산」 외 4편의
         시가 당선되어 등단.
         2003년 동대학원 박사 졸업.

본 도서는 한국학술정보(주)와 저작자 간에 전송권 및 출판권 계약이 체결된 도서로서, 당사
와의 계약에 의해 이 도서를 구매한 도서관은 대학(동일 캠퍼스) 내에서 정당한 이용권자(재
적학생 및 교직원)에게 전송할 수 있는 권리를 보유하게 됩니다. 그러나 다른 지역으로의 전
송과 정당한 이용권자 이외의 이용은 금지되어 있습니다.

김종삼, 김춘수 시의 모더니티 연구

· 초판 인쇄	2006년 1월 20일
· 초판 발행	2006년 1월 20일
· 지 은 이	박은희
· 펴 낸 이	채종준
· 펴 낸 곳	한국학술정보㈜
	경기도 파주시 교하읍 문발리 526-2
	파주출판문화정보산업단지
	전화 031) 908-3181(대표) · 팩스 031) 908-3189
	홈페이지 http://www.kstudy.com
	e-mail(e-Book사업부) ebook@kstudy.com
· 등 록	제일산-115호(2000. 6. 19)
· 가 격	23,000원

ISBN   89-534-4510-8 93810 (Paper Book)
        89-534-4511-6 98810 (e-Book)